全民微阅读系列

见证善良

夏妙录 著

江西高校出版社

图书在版编目(CIP)数据

见证善良/夏妙录著. —南昌：江西高校出版社，2017.9(2020.2 重印)

(全民微阅读系列)
ISBN 978-7-5493-5868-7

Ⅰ.①见… Ⅱ.①夏… Ⅲ.①小小说—小说集—中国—当代 Ⅳ.①I247.82

中国版本图书馆 CIP 数据核字(2017)第 215680 号

出 版 发 行	江西高校出版社
社　　　址	江西省南昌市洪都北大道 96 号
总编室电话	(0791)88504319
销 售 电 话	(0791)88592590
网　　　址	www.juacp.com
印　　　刷	永清县晔盛亚胶印有限公司
经　　　销	全国新华书店
开　　　本	700mm×1000mm　1/16
印　　　张	13.5
字　　　数	180 千字
版　　　次	2017 年 10 月第 1 版 2020 年 2 月第 2 次印刷
书　　　号	ISBN 978-7-5493-5868-7
定　　　价	36.00 元

赣版权登字 -07-2017-1026
版权所有　侵权必究

图书若有印装问题，请随时向本社印制部(0791-88513257)退换

目录 / CONTENTS

值日　　/001
状元椅　　/003
老爸的天籁　　/005
红外套　　/007
特殊食客　　/009
廉石馆　　/012
像空气一样存在　　/014
捂住痛处　　/016
鬼王　　/018
转个方向爱你　　/021
退休启动模式　　/023
山魈妈妈　　/026
独钓美女湖　　/028
听鱼　　/030
进城归来　　/032
碗事　　/033
捉贼　　/034
夜钓　　/037
微信红包　　/039
保护神　　/041
遭遇老乡　　/043
我要回包垟　　/045
清肝明目草　　/047
最佳搭档　　/049
偷秋　　/050
关键时刻　　/052
清明花　　/054
换位　　/055
爱的条件反射　　/056

小红鱼　/057

吸毒功臣　/058

狗爸爸　/059

特价　/060

局长学艺　/061

知恩图报　/063

鸡的事　/064

窗　/065

跟踪　/067

香火　/068

戏迷　/069

盐　/070

五元纸币　/071

形势所迫　/073

离婚　/074

父亲的遗愿　/075

呼唤乔小乔　/076

一箩筐钱　/078

问卷　/079

拜访　/080

突击检查　/083

人间过客　/085

白卷卷　/087

潇潇的改变　/089

寻找黑蚂蚁　/090

香水开会　/092

扰民的公鸡　/093

外公的呼噜声　/094

校长的绝招　/095

罗阳书屋　　/096

红手白手　　/099

团圆年　　/101

理由　　/103

心债　　/105

温馨提示　　/108

欠你一幅画　　/110

护溪　　/112

关门弟子　　/114

最后的看客　　/116

偷字背后　　/118

见证善良　　/120

孝子阿准老师　　/122

跟踪未遂　　/124

红内裤　　/126

新领导的爱好　　/129

优雅的黑蝴蝶　　/131

罗师傅的戒烟灵　　/133

握住你的手指　　/135

与六合彩有关　　/137

老弟掌勺　　/139

竹缘　　/140

先生　　/143

三柱的家书　　/145

仇家　　/147

生活里的那点奔头　　/149

保温瓶的故事　　/151

俗友　　/154

掌心上的病　　/156

都是嫦娥惹的祸 /158
红双唇 /160
第49棵是甜橘 /162
择校的理由 /164
教鞭往事 /166
红雨鞋 /168
谁是混蛋 /170
夫妻相 /173
讲故事比赛 /177
奥特曼轶事 /179
救命恩人 /181
跳楼事件 /183
低倒凹 /184
厕所画家 /185
美好的下午 /187
眼睛 /189
早读课 /190
庆祝 /191
考试前夜 /193
炮制 /194
永远的平 /195
颁奖仪式 /197
童话 /199
绝招 /200
大前门 /201
以此类推 /202
水货酒鬼 /204
小潘的蛋糕 /205
大水缸 /207
脚底下的爱 /209

值　日

我是你同桌倪小样,你最喜欢跟我掰手腕。

我坐你后桌,有时不想让你靠在我桌子上,就拿笔戳你,知道我是谁了吗?

老黄,现在每天上学我都很孤单,你还记得我们每天走的那条小路吗?

……

这些话都是讲给老黄听的,现在他躺在医院里,一动不动。

三个星期前,老黄在家里的阳台晒被子,连人带被从三楼掉了下去,就一直住在医院里。

自从老黄住院以来,我们班天天有同学去探望。尽管我们会跟他讲许许多多的话,有班里刚刚发生的趣事,也有在校外的糗事,不管我们多么努力,就是不见老黄睁开眼睛,也没见他的身体任何部位动一动。我们的班主任曾经说过,植物人有听觉有思维,就是不会动弹。所以,我们全班同学主动让老师安排了轮流到医院看望老黄的"值日表",每天一两个人去,跟他讲讲当天课堂内外的事,也可以跟他说烦心事。老黄是个热心人,班上不管谁有困难,他都会热情相助,老师说:"老黄听了别人的烦心事一定着急,一着急没准就睁开眼睛。"

今天轮到我值日。

老黄是我的死对头,他的奥数成绩总是全班第一,现在他倒

下了,我自然而然成为全班的奥数大王。我心里曾经因此暗自得意,并自私地希望他不要再回到课堂来。我知道自己这种想法卑鄙无耻,可是我想多做几天奥数大王啊!以前,无论多努力我也战胜不了老黄,从三年级到现在的六年级,他一直站在全班最前头,而且遥遥领先。

我胡思乱想地到了老黄的病床前。看到我来,老黄的妈妈很高兴,把她坐的凳子让给了我。

该跟老黄讲些什么呢?看着安静又消瘦的老黄,我突然很想他再次成为我的竞争对手。于是,我决定跟他讲讲今天的奥数难题。今天数学老师出了一道难题,谁都算不出来,到下课铃声响了还没有人解出来,就给老黄讲那道题吧!

"要上重点初中,少不了奥数!"

我模仿了数学老师的这句话后,接着跟老黄讲"今天有一道奥数难题难倒了全班人",正准备开讲题目,老黄的右手手指头动了一下。

我抬头想把这个重大发现告诉老黄的妈妈,她早已经像看天外来客一样盯住她儿子的右手了。

她示意我继续往下讲。

接着,我慢慢地讲奥数难题和自己的解题思路,老黄的手指动了一下又一下,他妈妈的眼泪流了一串又一串,医护人员来了一个又一个。

状元椅

大年前,邱老板荣归故里。第一件事就是到母校走走看看,顺便再坐一坐当年的状元椅:那暗红色的油漆、一身的斑驳,让人一看就知道它已有些年头。离乡在外打拼三四十年,状元椅从没离开过邱老板脑海,每次遇见跨过不去的坎时它就跳出来,鼓励他振作起来继续前进。

走进母校大门的那一刻,邱老板的自豪感倏地生发出来:原来的沙砾跑道变身为塑胶的;原先破旧的教学楼已被新教学楼替代;实验楼也粉饰一新;还有新盖教师宿舍楼……一切都在展示母校的新颜与活力。逛着校园的角角落落,邱老板的眼前就像有个报幕演员在反复跳跃播报节目,并最终生成一个主题:值!邱老板不再为自己捐赠给母校的近千万元人民币后悔,仿佛多年来他的心愿此刻才算真正平稳着陆。拿出手机,邱老板拨通校长的电话。校长五分钟内就赶到学校。

俩人一见面,还是当年上学时的旧仪式:你在我肩上来一拳,我在你肩上来一掌。校长说:你小子还真不一样,别的大老板回来就连大街上的阿狗阿猫都知道,你这么多年难得回来一次就这么悄无声息?

邱老板笑着说:"除了有几块钱,我不像人家有东西可以张扬……"听了这话,他的校长哥们有点黯然:在故乡,邱老板几乎无亲无故了。当年他辍学离家出走后,母亲一病不起,早逝的父

亲也没有预先给他留下个兄弟姐妹,作为牵挂故乡的由头。

邱老板说明来意后,做校长的起初一脸茫然,后来突然记起,问道:就是最后被你坐坏又被你"修好"的破椅子?

见邱老板点头,校长有点想笑,但是怎么也笑不出来。他告诉邱老板:状元椅的事纯属子虚乌有。当年为了不让你再破坏椅子,门卫只好拿一张最牢固的木椅给你。

邱老板不信。

校长就请来了当年的门卫,一个曾经把转正作为"一辈子梦想"的民办教师。

一见老人,邱老板赶紧伸出双手去搀扶,并说:我是邱大粪,邱老师您还记得吗?

老人一脸慈祥看着邱老板,然后摇了摇头。

邱老板继续把自己当年在学校的糗事一一搬出:故意损坏学校的几把椅子,最后班主任罚他站着上课,身为门卫的邱老师偷偷拿出"学校珍存"的状元椅……

邱老师终于想起来了:就是死活不肯读书要去打工挣大钱,临走时还向我许诺说大话,要出去挣一千万……

邱老师没把话说完,从口袋里搜出老花镜,盯着邱老板的脸半晌。突然整张老脸阴沉下来:还真是你啊,臭小子!你还回来做什么?你娘让你气死之前怎么不回来?

老人颤颤巍巍地要往回走。

校长赶紧出面劝说。

邱老板的泪已在眼眶里打转。他猛一吸鼻子带着哭腔喊道:叔,我那是年少不懂事啊!

校长把俩人都劝进办公室后,烧水沏茶,让叔侄二人慢聊。

状元椅的故事在邱老板脑海里渐渐清晰起来:当年父亲过世

后,眼看年少的他一意孤行要辍学挣钱养家,每听班主任讲一次邱老师就心疼一次。邱老师真心想帮一把,无奈自己是民办教师,因教学质量不够好已被清退,好说歹说才被留下做门卫,再也上不了课堂。只好端出最牢固的木椅子,顺便告诉这个不争气的同族侄儿"这是我们学校历届中考状元坐过的椅子,也是你那个状元堂姐,我女儿安元曾经坐过的……"

邱老板问叔,为什么不收自己曾经邮寄来的拜年礼金?邱老师嘿嘿一笑说:之前我不知你挣的是不是良心钱,怎么好收?现在看来,估计你小子不会挣黑心钱。

邱老板心里又一阵酸楚,脑海里闪过那一抹暗红的油漆的木椅。其实那是邱老师结婚时,新娘的陪嫁椅子。

老爸的天籁

昨夜我听着天籁入睡,文字后边是一串得意的表情。

这是早上我起床时,老爸发来的微信,直到晚饭时间,也没收到第二条,我估计老爸是在宾馆蹭的wifi,虽然他不缺钱,"远在千万里外,没事就不随便晒微信了。"这是五天前他飞出国门刚到宾馆时发的。

早上我在老爸的微信里发去一个问号,直到晚上就寝时才收到他的解释。先是一个尴尬的表情,然后说昨夜他的住宿费将近三千。我打过去一个惊叹号,他回:都是因为该死的天籁!原来,他开了一整夜的"收费电视"!次日早晨退房时,他跟翻译解释,

自己听不懂英语才让电视开了一整夜,根本没看节目……解释归解释付费不能少,若不服从,就要被遣送回国。

得知事情原委,我打趣道:谁让你不好好学习外语!他却杀我个回马枪:你的英语也好不到哪里去,到时候送你出国留学,让你吃不了兜着走!他不知道我在没日没夜的学习中,即将拿到英语八级。

为了送我到国外镀金,老爸多年打拼挣下一笔接近八位数的存款,这次跟团出游,他说为了巡视今后女儿读研的城市,不然的话不放心把女儿交出去。因为我即将到 M 国 X 城就读,老爸这次出国游特意选了经过 X 城的线路,一下飞机他就异常兴奋地给我发 X 城的照片,不断介绍着那个城市的世情风貌。他用最多的词就是"天籁",比如在听商贩推销东西时、在博物馆听讲解员讲话、在大街上……M 国每一个角落,都充满着天籁之音,甚至空气里也流动着天籁之音。在他的描述里,我觉察出老爸对那个他国小城不同寻常的爱,犹如爱他的独生女。

即将返程时,老爸却给我发来忧虑的表情:X 城的旅游点,每一块招牌上用中文写着"禁止乱丢垃圾""禁止随地吐痰""禁止摘花"……每到一处就有耀眼的警示牌子高高竖立,那些标语里都有一个共同的字"禁"。老爸曾经气愤地责问当地导游:为什么只有中文?导游解释:这些禁止做的事,中国人做得最多……我的愤青老爸当即就要去 M 国当地旅游部门评理,无奈自己不通英语,又没人给他当翻译才打住。

老爸对 M 国的好感大打折扣时,旅游行程也到了最后一天,老爸在一个大超市里遇上他最爱的品牌音响组合。好家伙!它比国内便宜了三千多!你说要不要买回来?老爸在超市蹭到 wifi 给我发这条微信的时候,我正要参加出国留学的最后一场面试,匆匆回他:买吧。

我在等待考试结果的几天里,老爸已经带着他的音响回家,我也归心似箭。因为他在 M 国超市试听时,就通过微信把音响效果夸得胜过天籁,如今他把天籁请回家,读声乐专业的我很想立马试上一嗓子。

我回到家已是一周后,老爸的"天籁"已成一堆废物。

老爸刚从 M 国回到家那天,招呼老朋友们:今晚到我家一吼为快。正当他给天籁接上电源的那一刻,它放了一个响屁,就再也发不出声音。我忘了提前告诉他:M 国家用电器电压 120 伏,国内是 220 伏。

老爸的"天籁"就这样烧坏了,问过几个电器维修部门,暂时都没有零部件可更换,要到原产地 M 国进货,维修费就够在 M 国买一组新的了。老爸只好让他的"天籁"永远休眠。我说:到时候我去 M 国带去维修。老爸却问我:还能否改去别国读研?他的理由是:M 国不仅看不起中国人,而且陷阱太多,怕我去了会吃亏……我坏坏地笑着答:我有八级证书还怕什么?老爸一听,眼睛睁得贼大,他国天籁之间仿佛又在他的耳旁响起。

红外套

三魁下夜班回到家,十个月大的女儿已经进入梦乡,看着女儿初荷般粉嫩的脸,他的疲倦一扫而光,忘记一路艰辛的同时对美好未来的憧憬又回到身上,仿佛女儿是他抵达幸福的助力器。

来不及洗漱,三魁对着女儿的小脸亲了又亲,直到老婆彭晓曦催促:别把女儿吵醒了……

三魁是一名出租车司机,每天早出晚归,几乎记不得女儿醒着的样子。那时她才出生,还在医院里,只要醒着她就挥舞起小拳头往嘴里送,三魁就说:幸亏生个女儿,如果是儿子,肯定又是个混世魔王。话音一落地,丈母娘和老婆彭晓曦就会心地笑,母女俩私下里更为三魁的改变感到舒心。一个说:知道自己以前不懂事了。一个说:浪子回头金不换。哪怕有再多的苦,母女俩都认了。

没等三魁洗完澡,女儿就大哭大闹了。彭晓曦给她喂奶、喂水、轻拍轻摇轻呢喃都不起作用。三魁快速擦干身上的水,进了卧室:爸爸抱,小甜心肯定想爸爸抱……哭声越发厉害,三魁只好作罢。他心里清楚,对于女儿他更像是陌生人。母女俩从出院到现在,一直借住乡下丈母娘家里,他的职责是漂进这个百万人口的城市,淌进人流里拉客挣钱……

看着女儿哭得撕心裂肺,三魁只有干着急。彭晓曦突然记起昨天离开娘家时,母亲交代她的话:妞妞特别喜欢红衣服,如果你哄不住她就穿上红衣服试试。

于是,让三魁找来一件红外套。

女儿一见三魁手上的红外套,立即把号哭改为抽泣,并把双手伸向三魁。做爸爸的立即将红外套扔一边,把女儿接进怀里。就在一扔一接之间,女儿重新开始号哭。

睡意全无,夫妻俩为女儿的哭闹想尽办法。

每次,三魁换上一件红外套,女儿的哭声渐渐停歇,几秒钟后哭声再起。三魁见状狠狠地骂一句:未来泼妇!

直到家里所有红外套几乎穿遍,夫妻俩再想不出更好的哄骗办法,只好把主意转向那件废弃在地板上,类似拖把的红外套。三魁把衣服捡起,抖了又抖拍了又拍,准备套上身时,彭晓曦厌恶地皱起了眉头。

神奇的一幕就在三魁把那外套披上身的一刻发生,哭声一下停止了。女儿再次把双手伸向她爸。

之后好几周,每天夜里女儿都要醒来哭闹一阵子,只要三魁披上那件拖把的红外套,就能把女儿慢慢哄进梦乡。

夫妻俩无法解释女儿的怪癖,彭晓曦打电话告诉母亲说起此事,做外婆的说:当时在医院里陪妞妞的时候,我一直穿那件红外套……

特殊食客

在面馆做了多年侍者,我从没见过这么特殊的食客。

几天前,一高龄老爷爷颤颤巍巍走进店,在靠门的位置坐定。出于职业本能,我边说"欢迎光临"边迎了上去,同时把点菜的小册子递给他。他没接,说:麻烦给我一套别人用过的碗筷。我以为自己听错了,问道:您说什么?老人沉浸在一片静默中,显然是在等待他的请求变为现实。我稍微提高了音量再次询问,对方还是一脸静默。正当我不知所措时,老人突然醒悟似的说:我不仅眼睛看不见,耳朵也背得厉害,麻烦你给我一套别人用过的,还没洗的碗和筷子。

我心生好奇,还是照做了。

我把碗筷送到老人跟前，只见他把筷子架在空碗上，低头闻了起来，说：这碗面的佐料我喜欢，西红柿、牛肉、笋干和蛋，只可惜我没钱吃不起带牛肉的。我呆如木鸡。老人接着问道：今天我就吃这面，减去牛肉行吗？

我大声应：行！并朝后厨喊：一碗西红柿笋干鸡蛋面，不加牛肉。

我把老人闻过的碗筷拿起，正要转身，又听见老人柔声询问：今天你们店里是不是缺鸡蛋？为什么刚才我在碗里闻到的是鸭蛋味不是鸡蛋味？

我将老人的疑问传给掌勺的老婆婆，她吃惊不小，数一遍篮子里的鸭蛋后抱歉地说：刚才是我拿错了，误把鸭蛋当鸡蛋。

几天后，我把遭遇特殊食客的经过讲给店主姑姑听，她也很吃惊。最近几天她天天亲自到店里，就为等待那老人再度光临。

老人来了。

还是一样的做派：闻碗筷，点面。这次他要了一碗更便宜的，碎肉咸菜面。闻过碗筷后，看他兴奋的样子，姑姑有点不悦。老人像个得到奖赏的孩子般，脸上洋溢着满足的笑。在等待过程中，他像自言自语又像和我们扯家常：碎肉不是机器绞的，是手剁的；咸菜是在老陶罐里装的，不是随随便便腌制在塑料桶的……我二十年没吃过这种佐料的面了，哈，整二十年了……我和姑姑早已听得目瞪口呆。

咸菜是掌勺婆婆亲手制作的，因为嫌时间没处打发，掌勺婆婆硬要亲手剁猪肉……老人说得不差分毫！

没等我们在敬意和惊讶中醒悟过来，老人已经吃完面，颤颤巍巍地走开了。

下次，我一定要试试他。次日，姑父听完我和姑姑的讲述，满是不信。

一连几天,老人都未曾出现。直到第五天,姑父的耐心没了,交代我怎么做后自己不再来店里。

这次见到老人时,我发觉他更苍老,脸上的悲苦更重了。

老人一进门就说:小伙子,明天我要到另外一个城市去了。临走前请帮我一个忙,可以吗?

为让老人听见,我特意走到他身边、凑近他的耳朵回答:没问题!

老人继续道:我的妻子和我一样是个瞎子,但是她耳朵很灵、厨艺很好,二十年前我们在市中心走散了,在这个百万人口的大城里我寻了她二十年……

老人没说完,姑姑就把碗筷送到他跟前:这是按照姑父的意思,拿洗碗布擦过一遍的碗筷,洗碗布是掌勺婆婆打发时间自制的。

"阿贞!你在这里吗?是你吗?"老人闻过碗筷后,激动万分地大声朝后厨方向叫喊。

听见老人的呼喊,掌勺婆婆从后厨冲了出来,泪流满面、声嘶力竭地应答:我在这!在这……

在掌勺婆婆往外冲的同时,老爷爷一遍又一遍地闻着碗筷说:是阿贞的味道,是阿贞的味道……

"这是我多次收留走失老人看到的最感人最美好的一幕。"

看着两位老人相互搀扶着走出店门,姑姑这样说。

廉石馆

这几年,北村因其秀美山水,吸引了一拨又一拨游客,农家乐、客栈如雨后春笋般在北村涌现。跟客人接触多了,北村人听到这样的叹息就多了:村里电线杆太不规整、电线太乱影响拍照……村里人把游客意见反馈到村委会,希望村委会向有关部门反映反映。没想到意见一上交,就受到供电部门的重视,据说供电局郝局长得到民意当天就召开班子会议,做出重要批示:修整北村电线下地!

为表达感激之情,村主任和村支书代表村民带上礼物多次去供电局郝局长家,一次次礼物都被退回后,有人建议:等工程结束再送礼,那样显得情真意切,局长该不会拒绝真心实意的感谢吧?如今眼见工程结束,村主任和村支书商量来商量去也不知道送什么好。烟酒、金银首饰、超市卡、旅游券都试过,每一样都被送回……甚至有一次村里人送去野山羊肉也被退了回来。

送石头!有人提议。

这几年,村里后山的石头已经声名鹊起,来村里投资采石的商人一拨又一拨,村里有了统一的采石基地,百余户人家的小村庄石雕店铺就有几十个,个个经营得风生水起,其中不乏雕石高手。

听说郝局长家父是县内外知名的雕刻家,送石头给他老人家一样能表达谢意。

听完村人七嘴八舌的建议，村主任和支书心里有谱了，决定马上行动。

选来选去，定下送那块本来打算放在村文化礼堂的"风水石"。曾有懂石者断言，该石头只要稍经打磨、雕琢，肯定价值不菲。

村支书与村主任带上石头一大早出发，到郝局长乡下的老家时，已将近中午。敲开门，见两位系着围裙的老人，男的手上拿着刻石刀具，女的正放下扫把问候来客，两个人脸上堆满和蔼的笑容。村主任一眼就认出他们是郝局长的爹娘，转头跟同伴一起把车上的石头搬进院子。俩老人看见石头，依旧满满的笑容，村主任和村支书悬着的心终于落了地，心想：这下不会被退回了。两个人喝过茶正准备走，让老人拦住，说无论如何要他们吃过午饭再走。这时，女主人忙着下厨，男主人则拿出手机对着石头一拍再拍，拍完石头又要跟来客合影。

几个月后的一天，郝局长突然给村主任打来电话：你和村支书到村文化礼堂来一趟吧，我和驾驶员在等你……

原来，郝局长是送"风水石"回来的，石上不仅有原先的山水风貌，还增添了一个大大的草书"廉"字，石头上的所有山水风光全在"廉"字之下熠熠生辉。经郝局长点拨，村主任和支书才发觉，那个隐藏在山水画顶头的草书廉字，正像一个威严慈爱的长辈，在监督呵护着那方错落有致的山水。这份巧妙的雕琢，无疑出自郝局长的家父。

"风水石"归位后，村主任带着郝局长走访了几户人家，他们几乎异口同声请求郝局长收下他们的心意，产自自家山头的石头。郝局长推辞不过，一一收下，并与石头主人合影留念。村里其他居民也纷纷拿出自己珍藏的石头送给郝局长，表示感谢，人

人都说游客越来越多了,农家乐、民宿、卖小特产的生意都越来越好了……

此事过去不久,郝局长的驾驶员再次来到村里,车后备箱里满满的石头,每个石头上都有一个廉字、一张照片,照片里是郝局长跟石头主人的合影。这时,村主任和支书才恍然大悟,原来郝局长和他老爹都要跟大伙合影,目的如出一辙,都为日后让石头"物归原主"!

村主任和支书通知村民前往文化礼堂领取自家石头,村民们都不愿意领回去,说:送出去的礼哪有收回来的理?于是,北村文化礼堂"廉石馆"诞生了。

像空气一样存在

哥们到了酒桌上,不约而同地又谈起情人的话题。马明说,他又换了个新情人,是位教师,教小学音乐,长相一般,但是女人味十足,说起话来呢呢喃喃,像一口流淌着音乐的喷泉。有人立即接话,说马明的女朋友都很喷泉,必要的地方更喷泉,那可是暗流汹涌。一桌人心领神会地哈哈大笑,闹着要马明谈经验。哥们虽然人人家外有花,但只有马明常换新的,而且个个都是良家妇女,都有单位。

有人提出异议,说良家妇女,怎么还会找情人呢?很明显不是什么良家妇女嘛。马明说你懂什么,现在一些当官的,还有当老板的,那些所谓的体面人士,家庭只不过是个摆设,恩爱夫妻只不过是社交场合的表演,其实一进了家门,谁也不理谁,彼此都把对方当成空气。这样的妇女不是良家妇女吗?

这样啊。他们说,一民,你来说说,是这样的情况吗?

一民是酒桌上的一员,是这帮铁哥们中唯一没有情人的老实人,这不能不说是这些"精英"组合一个小小的遗憾。什么是铁哥们,据说是三类人:一起扛过枪的,一起分过赃的,一起嫖过娼的。这样一来,一民似乎有点不够格。他们常常拿一民开玩笑,"请教"一些他经验之外的问题。

一民,你来说说,什么是良家妇女?

出乎所有人的意料,一民这一说说了半个多小时,一个纯情的故事让这个精英组合自惭形秽。一民说,我赞成马明的观点,我遇见个中学女教师,正是这样的人。

三个月前,一民在市里开会,认识了一个中学教师,谈心之后,分手之时,四目相对,握手话别,几乎是一见钟情。回家之后,QQ聊天、短信、电话,相约见面,一气呵成。在几天后的一个双休日里,女教师主动前来,对一民万般柔情,让一民一时难以适应。现在,每天必有一个电话,每次通话必在二十分钟以上,总是绵绵情话,单调而不乏味。女教师还说了,真想为一民生个孩子,只为见证这一世难得的情缘。

在这个故事里一民还演绎了许多美妙的细节,听上去丝丝入扣,无懈可击,更要命的是,这个故事让所有的人都很失落:老实人一民怎么有这么好的艳福呢?现实生活里怎么还会有这么痴情的人呢?

马明怔了一会儿,感叹道,这么好的婚外情故事,应该有个标题才算是完美的。一民略一思忖,说,你们都说这世道情人就像空气一样到处存在,就我没有,如今我也有了,就叫《像空气一样

存在》吧。

几天后,马明给一民打了个电话,说一民你小子耍我呢,我在电脑里打进"像空气一样存在",原来是个网络小说啊。一民一听,哈哈大笑道,哥们,你们都有情人,就我没有,每次都被你们开涮,这多没面子啊!稍作停顿后,一民一本正经地说,你们都说这个世界情人现象跟空气一般普遍了,我实在不敢苟同,你看,你们不是也被我虚构的故事蒙蔽了吗?

以后的几次酒桌阔谈,一民都振振有词地告诉这帮兄弟:不管这个世界在你们眼里是怎样的,我相信真爱就像空气一样,无处不在……

捂住痛处

罗阳发现内裤里斑斑点点的血迹时,老婆周岭已经哀哀哭泣了很多回,她躲着哭,不让任何人看见。

在工地脚手架上工作,罗阳也想着私处里的那群小生命。想起它们笨拙、不安分地挪动在草丛里的样子,罗阳忍不住想吐。它们怎么不请自来呢?难道老婆周岭私生活不检点?不然,哪来那群不速之客?几次想问老婆,是不是他的前夫带给她的,都开不了口,毕竟第二次组成个家庭不容易。

罗阳不安心住工地了,有时半夜还想着回郊区的家看看,有没有野男人躺在自己床上。有一次,罗阳鬼使神差地走出工地大棚,走上大街被风一吹才猛然醒悟过来:这样回去不是等于刮周岭的耳光？自己明明说过今天不回家的……于是又走回棚子，却怎么也睡不着，就在心里念叨：周岭呀周岭，人人知道你的前夫是个花花公子，你可千万不能再上当受骗啊！

平日里很能打哈哈的罗阳，突然哑了。

工友们不禁开玩笑，罗阳，几天没回家见老婆，嗓门也蔫啦？听说你老婆很有女人味，小心叫别人给睡啦。还有的人说，我要是罗阳就天天回去，省得在闹市的红灯街瞎逛，看那些女人顶个屁用，动不得半点心思……罗阳双眼盯着电视屏幕，想什么啥也不知道。

工友们洗去汗臭味，喊罗阳一起上街溜达，罗阳不吱声，就像魂魄被电视剧摄走了。电视里演绎着婚外情：前夫因为经济问题勾引前妻，单纯的前妻毫不知情，上当受骗……看得罗阳义愤填膺，他愤怒地关了电视，起身回家。

老婆呢？

找遍所有的房间，只有十岁的女儿在酣睡。

被怒火点燃的罗阳，听不见妻子进屋的响动，直到她笑盈盈地站在自己眼前，说：我一去隔壁看他们玩麻将，你就回来了。

鬼信！八成是旧情复燃了吧？罗阳在心里这样嘀咕着，因为周岭前夫家就在不远处。

几次罗阳半夜回来，老婆都不在，都说在隔壁看麻将。这回，罗阳留了个心眼，没直接回家，先去了隔壁麻将馆。老婆果然不在。麻将馆主人很热情问罗阳要不要来一局，知道罗阳的来意后，她极力劝说罗阳：叫你老婆多来麻将馆，看多了自然就会，要不，我给她找个师傅……

罗阳完全被怒火燃烧了，查明老婆不在家后，他直接去了她前夫家，他豁出去了。

到门外,正想举手擂门,罗阳又留了一手:捉奸捉双啊,我何不等他送她出门再下手?一直等到瞌睡连连,也不见人影。罗阳给自己台阶下:看她回家怎么向我交代!

奇怪的是,罗阳到家后发现周岭已经在家看电视,正在看"本周新闻解说"呢。她急不可耐地招呼刚进门的罗阳:快来看,快来看。

"经查实,旺财泳池免费出借的男女泳裤有阴虱……旺财药铺老板为高价兜售灭虱灵,与旺财泳池老板合伙经营违法勾当……据说很多夫妻因此反目……"

旺财泳池就在罗阳工地附近,几个月前一哥们请客去过一次。想到这里,罗阳无助地望向周岭,她在给自己削苹果,不时抬头望过来,满眼的询问。

罗阳说:那次三魁请客,我也去了,难道……

哎哟!

听见周岭的叫声,罗阳快步蹦到餐桌边,伸手捂住正在流血的伤口,俩人步调一致地满屋子寻找创可贴。

鬼　王

我们村里经常有人被"鬼"吓着。

被鬼吓着可不好玩,小孩会发高烧、尿床、说胡话。大人被鬼吓着要请巫师作法驱鬼。总而言之,不管大人小孩,被鬼吓着都是要生病花钱的,有人还因此丢掉性命,村人说那是被鬼带走的。

因此，不论男女老少，村里人都非常敬畏鬼，尤其害怕每天夜里嘘嘘叫唤不停的鬼。

事情的转变，在爷爷回村后。

爷爷是篾匠，常年云游在外，对家乡的"鬼事"并不熟知，只略有所闻。

爷爷回村是因为偶然事件的发生，他唯一的弟弟，也是他唯一的同辈亲人，我的二爷爷被鬼带走了。

二爷爷是被董庄坳的鬼带走的。

在二十世纪八十年代中后期的乡村，电视还是稀罕物，翻山越岭到邻村看电影，是很平常也很享受的事。有一天，五里外的海洋村放映聊斋新片，二爷爷和村里一些胆子大的小年轻结伴去了。在回来的路上，大家憋着一肚子的惊恐，故作镇定地高声谈论着山野趣事，到了董庄坳，忽然一个个腿上长了风火轮似的跑，这就苦了患过小儿麻痹症的二爷爷了，不管他怎么努力跑，都没能跟上同伴们的步伐。当天深夜，二爷爷就开始高烧说胡话了。他说看见董庄坳的鬼了，一个是高大挺拔的英俊男鬼，还有一个犯小儿麻痹症的鬼……

爷爷从来就不信邪，赶到家见过二爷爷的遗容，马上气咻咻要往董庄坳赶去，族里的亲人谁劝说都无效。走出家门口时，有人大声提醒道：大白天哪来的鬼啊，鬼都是晚上出来的！

一句话喊醒梦中人，爷爷站定，应道：那我就等天黑再去！

在二爷爷的尸首旁，爷爷万般痛心地边哭边责备：我的傻兄弟啊，你怎么相信世上有鬼呢？世界上哪有什么鬼啊！如果人死都成为鬼魂，千百年下来哪个角落没有鬼呢？你的屋里屋外都是鬼、你的前后左右都是鬼，你睡着枕头边也飘着鬼……那样你还怕什么鬼呢？不跟山上的花草树木一样亲了吗？

爷爷哭得撕心裂肺,更说得听者毛骨悚然,那些为二爷爷守灵的小年轻好几个都不由自主地往自身前后左右查看,仿佛身边真有许许多多鬼魂也飘荡着,尤其怕二爷爷的鬼魂来找他们算账。

吃过晚饭,爷爷等不及天黑就拿起手电筒往董庄坳去了。爷爷的几个铁哥们,担心爷爷出事,也跟了去。

董庄坳里有一片梯田,深陷在两座山岗间,两边的山岗上都是棺材棚。村里人死后一时找不到合适的坟墓或暂时没钱建坟墓的,就暂时搭个草棚将棺木停放在董庄坳的山岗上。村里有许多夭折的孩子也埋在那里,因此村里人都说董庄坳的鬼很多很多,村里很多人就是在那里被吓出病来或者像二爷爷一样吓死了。

董庄坳最大一丘稻田的田埂是去海洋村的必经之路。深秋时节的水田只剩下收割后的稻茬,看上去就比平日荒凉许多。爷爷像一个指挥若定的将军,带领的兵将不多,却也气场十足。他们走上田埂的东端,站定细听,一阵若有若无、断断续续的嘘嘘声从西端飘忽而来。他们走上西端站定细听,那嘘嘘声就从东端飘忽而来。如此走了几个来回,同伴中有人轻声提议回去或明天来。爷爷听从了建议,带领他们回村。

半夜,守夜的人只剩下几个至亲。爷爷单枪匹马来到董庄坳,他下定决心:不找到"鬼",誓不为人!

原先的场景重演几遍后,爷爷站到田埂最中间,细听缥缈玄幻的嘘嘘声。

无休止的声音像是从田壁方向出来的。爷爷脱下鞋子,蹑手蹑脚地向田壁踩去,生怕惊跑了躲在田壁上的鬼似的。

这一切都让太奶奶看了个究竟。因为悲伤过度,她差点随二爷爷去了。几度昏死过后,她镇定了下来。看着爷爷那副急着找鬼报仇的样子,她万般惊惧,生怕再度失子。发现爷爷不在灵堂,向来不敢走夜路的她,就赶紧寻了过去。

从田埂走向田壁,爷爷时走时停,时而侧耳倾听,一直到田壁上的蓄水洼。只见他拿手电左照右照地看那水洼,一会儿蓄满水,一会儿水又从漩涡溜走,水满时嘘嘘声停止,水将被抽光时,一阵令人毛骨悚然的嘘嘘声骤起。如此反复看了几十分钟,爷爷指着水洼大骂起来:是你他妈的害死我弟啊!接着,他一屁股坐了下去,呜呜大哭起来。

凌晨,灵堂前的至亲见到满身泥巴的爷爷时,个个满心疑虑。再看身后跟着的太奶奶,更是疑惑不解。

爷爷向大家解释:董庄坳的鬼其实就是一水洼……至亲们都说:老大,你别说胡话……加上太奶奶的佐证,还是没能让大家相信董庄坳没有鬼。爷爷一跺脚转身又往坳里跑去,至亲们来不及害怕和顾忌,一路劝说着爷爷,到了水洼前。

爷爷指挥大家倾听"鬼叫声",爷爷搬来石头堵塞水洼,就截住了"鬼叫声"。从此,村里再也没人被"鬼"吓病吓死,爷爷"鬼王"的称号渐渐传开来。

转个方向爱你

男人生病住院,除了入院那天由女人陪着,其他时间女人再没出现,由保姆全天服侍着男人,女人偶尔来电话,只对保姆嘘寒问暖,从不喊男人接听。

男人住院之前,女人曾经向男人提过离婚,男人没答应。想不到她竟然狠心到这步田地!男人在心中不禁生出些怨恨来,他恨女人在他最需要她的时候开口谈离婚。

男人渐渐康复时,女人把离婚协议书递到男人跟前。男人想起多年的恩爱,又想起近来女人的绝情,便毫不犹豫地签了字。看到财产处理那一款,男人几乎愤怒了:一切房产归女方。恨归恨,男人毫无办法,那是女人的婚前财产。当初,女人买房子正在装修,男人和她处于谈婚论嫁阶段。男人心浅,没有太多的弯弯绕绕,想都没想就拿出所有积蓄,付了装修费用,有十几万元。

再看其他财产的归宿,只有小汽车归男方。男人上班远,天天要驾车前往,多年来养成以车代步的习惯。其实,小汽车是女人为他买的,如今人去车空,车成为男人唯一的伴侣。

男人出院那天,女人来接他回家,男人淡淡地说:不是夫妻不进同一个窝。男人就往单位宿舍去了。男人一眼也没看女人。

男人出院没多久,他和前妻生的儿子找到男人说,生意亏损严重,需要资助。男人心想,我自己还要跟药罐子相伴,拿什么资助你呢?假如还没离婚,那房产值几百万呢……于是心中又多了几分对女人的恨意。

男人向来视儿子为宝贝疙瘩,见不得儿子受半点委屈,听说儿子生意亏损严重,他心疼得不得了。对儿子向来有求必应的男人主动提出卖小车资助,儿子赶紧找了买主,拿着钱走了。

几天后,女人来找男人。男人斜乜女人一眼,眼里带着刺,白茫茫的,直戳女人心窝。短短几个月,女人消瘦得不成样子。瞜一眼女人头上那顶时尚的暗红色扁圆帽,男人生出些鄙夷来,都什么年纪了,还要抓青春的尾巴!

女人拿几乎空洞的双眼怔怔地望着男人,见男人消瘦了许多,女人红了眼眶说,能不能上你住处坐坐? 虽是二婚妻,毕竟恩爱多年,男人没把"不行"二字说出口,就算默许了。

到了房间,女人忙着找扫帚想打扫卫生,但是整个身子飘摇着,几乎摔倒。只好坐到床沿,把随身带来的补品交给男人说:你自己炖着吃吧。男人稍稍一怔说:你这又何苦呢? 女人说:以前人家说你儿子不务正业你一直不信,现在我有足够的证据证明他不是在做正当生意,而是天天泡赌场。女人从内衣口袋摸出一张纸,纸上有几个地址,是远离家乡的省城赌场。纸上还有一串时间,那是儿子最近每天进出赌场的时间。

女人又说:你爱儿子没错,就像我爱你一样,永远不会改变,也无需改变。我把一切财产归到我的名下,实在出于无奈,我一个弱女子,没能力保护你,只能通过这个办法留住这些财产,希望你老有所靠。因为我在世的时间不多了……女人把一份遗书给了男人。

女人的话未说完,男人已经哽咽。女人知道自己患了子宫癌,已到晚期。男人住院期间,女人去做第一期化疗。

男人查实儿子的行为后,才明白女人的良苦用心:用离婚保护他。

退休启动模式

走上七路公交,驾驶员朝我眨眨眼抛来个坏笑,我回他一个鬼脸再向后望去,发现整个车厢空荡荡的,有点诡异。但我来不及多想,赶紧在驾驶员身后的老位置入座,毕竟六十岁的人了,手脚没那么利索。

我还没坐稳,一束绚丽的康乃馨像兔子般蹿进我怀里,与此同时,一声"退休快乐"直钻耳膜。接着,我淹没在此起彼伏的"退休快乐"的歌声里。慢慢转过身,这辆我乘坐了将近五十年的七路公交上,顷刻间盛开出一片花海:康乃馨、石斛兰、郁金香、大丽菊、蓝玫瑰、紫罗兰、秋牡丹、满天星、剑兰、茉莉花……每一束鲜花后都藏着一张脸,虽然他们不让我看见,但是我猜测他们肯定是我的老顾客,在这个远离家乡的小镇,我开了将近四十年的面店,免费吃过我手擀面的人不计其数。今天,是我正式退休的日子,宣告"老牌面店"从此寿终正寝。

七路公交朝着小镇边缘的终点站缓缓驶去,那里有我安身的窝——一个石拱桥桥洞。从出狱我就一直住在那里,也曾想换个地方,却舍不得那不足五平方米的空间,因为我愿意继续守着那一潭深水,并给自己一个使命:救人。

对,我曾经在一个夜晚救过一个跳水自杀的小伙子。他原本经营着一个酒店,因管理不善酒店倒闭,欠下一屁股债……不知这些年他过得怎样?每个百无聊赖的夜晚,我都会想起他。

这么胡思乱想着就到终点站了,车却没有停下的意思。

"你这是要去县城吗?"

"大家要送老牌爷爷回家,你知道他家在哪吗?"驾驶员得意地甩一下头,顽皮地挡回了我的问题。

目的地到了,竟是整个县城最高档的酒店:老牌大酒店!

车里的"鲜花们"纷纷下车站在公交后门两旁,个个笑眯眯地望着我。我总算看清这些家伙了,大多是受我多年来支助读完大学的孩子。幸亏之前他们时不时地用微信发来照片,不然的话我肯定一个也认不出。

老牌爷爷怎么突然想到退休了？大家劝了您那么多年都没起作用，到底哪个说客劝动了老牌爷爷的呢？……他们的提问几乎把我淹没。我在心里回答：是我的嘴皮子劝动我的心，最近好几次记错客人要哪种佐料的面，而且有几次把味精当盐……我知道自己已经无法继续干下去。

大家围着我，争先索要"老牌爷爷"的答案时，一个胖得像面包、戴着墨镜的中年汉子已经走到我跟前，深深朝我鞠一躬后，引领大伙走向酒店一个繁华大厅。这高档次的装潢设计，我已经六十多年未曾见过了。自从二十六岁那年，跟一批哥们在高级酒店狂喝出事后，日子就一直过得清汤寡水了：父母因为我被判重刑相继抑郁而亡，未婚妻早已另择高枝……

退休典礼开始了，主席台上那张简陋的硬座与四周的繁华格格不入，我走进仔细一瞧，是七路公交车上我每天坐的那张！我再往台下一看，好家伙，好几位从七路公交驾驶室退下的老伙计都来了！当然他们没我老，他们只是按正常年龄退休而已。

主持人说：我叫三魁，先请老牌爷爷原谅我先斩后奏，挪用您的店名当酒店名！

原来是你小子！好多次到我的小窝外转悠，我都没认出来！当初把你从水里捞上来的时候，轻得像一只小猴！

三魁不好意思地笑起来，当即跪倒在我面前：请你搬酒店来永久居住……

四周的"鲜花"们即刻向我奔涌过来，都附和着三魁的请求，我的心顿时像行进在大海上的小舟，剧烈地颠簸了起来。

山魈妈妈

我们村四周是茂密的山林,林子里有山魈,关于山魈的传说多不胜数,其中一个是关于山魈妈妈的。

那是一个春末,省科考队来到我们村寻找山魈。他们问过村里的大人们,确定有山魈在山林活动后,就在村前最高的山顶,架起一座炮台般的机器,没日没夜地轮流守着。几天后,他们兴奋地在村后的山林里布下陷阱,准备捉拿一只山魈带回去作研究。

科考队捉到山魈的时候已经是暑假,那时,我们都想看传说中的山魈,无奈它在网袋里缩成一团,当四周安静下来的时候,偶尔抬头神速地扫视一下,又把头埋进自己的胸前,缩成毛茸茸的一团,我们连它的眼睛鼻子嘴巴长什么样都看不清!难怪大人们常说:贼快都快不过山魈!

捉到山魈的当天,科考队把"炮台"拆了,人也全部撤走。

就在那天夜里,我们村后的树林里传来一阵阵令人毛骨悚然的长啸,像呼叫像哭喊又像咒骂。大人们就预言:灾难就要来了!

夏日里最常见的灾难莫过于刮台风下暴雨,村前河水流进屋里,人们不得不一级一级往村后的山林里搬,带上炊具和粮食,静候河水退去。

然而,三魁家三个月大的小孩离奇失踪了。这事惹得全村人慌张不已,女人们时刻拽着自家孩子,每走一步都不愿放手,男人们巴不得将小孩都拴到自己的裤腰带上。

村人分组进山寻找一天,连山魈的影子也没见着,夜幕降临,人们才注意到,连日来不宁静的山林恢复了原有的平静,这份平静更让三魁的妻子母亲哭作一团。人们确定山魈妈妈作案后,就想到找科考队帮忙。

小孩失踪的第三天,村前最高的山顶再次架起"炮台"。

科考队叫村人不要再进山打扰山魈,人们只能焦急地静候佳音。

又三个三天过去了,三魁的妻子哭得双眼无法睁开,"炮台"却捕捉不到丝毫山魈妈妈的踪迹。幸亏村人有信心,稍能安慰三魁一家:他们能捉到小山魈,肯定也能捉到大山魈!

果然,在孩子失踪第二十五天,"炮台"传来好消息:山魈的妈妈抱着三魁失踪的孩子,左顾右盼……可惜他们只在镜头里停留十来秒钟,但可以肯定它怀里抱的就是的失踪的孩子。

接下来的几天,村庄四周的山顶上又架起好几座"炮台",在几个"炮台"的合力作用下,关于山魈妈妈跟孩子的行踪基本清楚。夜里他们藏在一个小区域内不外出活动,科考队断言山魈的窝就在那里。白天,山魈妈妈带着孩子活动,有时给孩子喂奶,有时上树摘果子,还把果子嚼碎了喂到孩子嘴里。科考队还说,山魈妈妈也曾喂孩子吃蚯蚓和蜥蜴之类的小动物,见孩子不吃,它才放弃。三魁妻一听,又号啕大哭起来。

虽然天天有孩子的新消息,但是把孩子救回来并不容易,因为山魈妈妈有了失子的教训,行事颇为谨慎,也像村里的男女,不轻易让"儿子"远离自己的视线。

最后,科考队只能想出"以儿换儿"的招:趁山魈妈妈在家时,将山魈仔放回山林。

当山魈仔回窝的时候,在监控下,科考队发现了这样的一幕:

山魈妈妈一手搂着失而复得的亲生儿子,一手抱着三魁的儿子,亲一下这个儿子又亲一下那个儿子,好像三魁的儿子也是它生的。

独钓美女湖

我的家乡有一个大水库,人称美女湖。

美女湖原名飞云湖,有个绝世美女被淹死在湖里之后,村里的年轻人开始叫它美女湖,叫着叫着,人们就忘记了美女湖曾经有个比行云流水还要诗意的名字。

每到春夏两季,美女湖就吸引来一批批钓手,我的叔叔是其中之一,他比任何人都要迷恋垂钓。只要农事不缠身,他准在美女湖边垂钓。人家只钓两季,他钓一整年,哪怕冬季下雪打霜,夏季刮台风砸冰雹,无一能让他退缩。一袭蓑衣、一顶斗笠、渔竿渔线鱼饵,他的全部装备都自己一手搞定。

我成为叔叔的小尾巴时,他已经在湖边垂钓了三十多个春秋。每次钓到大鱼不是给我家,就是送到那个沉睡湖里的绝色美女父母兄弟家,他自己从来不吃。钓到的小鱼一概扔进湖,边扔边说:你就逃生去吧!

又一个雷鸣电闪的夏日,湖水暴涨。叔叔又去美女湖,他的钓位也属固定,三十多年未曾换过,只随着湖水涨落挪移。本来妈妈叫我不要跟去,但是我的情绪低落,就逆反了一回:在学校被同学喊"哑巴"取笑,忍受了一年又一年,我选择让自己耳根清净,就不去学校了!

在湖边,我只是看客。一般情况下叔叔不跟我讲话,除了钓到大鱼要送我:拿去让你妈炖汤给你喝,别老是像根豆芽菜。今天的叔叔有点不一样,一看到我就说:你要多锻炼,不然的话会像叔叔我一样,到了该娶老婆的年纪,人家姑娘还会拿你当小萝卜头,看不上你!

过了一会儿,叔叔指着水库说:就像她,宁可给人当小的也不愿嫁给我!

我觉得好奇,想问个明白,可是除了一阵叽里呱啦,我说不出一个字。每当这时,我就在心里狠狠地骂十年前那次该死的高烧,因为没及时送医院,永远不会说话。

幸亏今天叔叔反常,不用我追问,他就继续唠叨:她那时看上你那人高马大的父亲,可惜你父亲已经跟你妈订婚了。

说到这里,叔叔的声音异样起来:那是三十几年前的今天啊!狂风暴雨中,她再次让你父亲拒绝就跑到这里,就站在我的钓位这里……

叔叔起身,似乎要让一米开外的我看清三十多年前的那个绝世美女留下的脚印。

你爸让我跟着她,我就一直跟着。可是在我进屋拿一把雨伞的工夫,她就不知去向了。后来我想到她经常到湖边玩,就抱着试试看的心理来到这里,只见她面向湖心双肩抖动着抽泣。我先是傻傻地看着,随着她的悲伤而悲伤,那种悲伤是痛彻骨髓的,根本没有意识到应该把伞给她,等我醒悟过来,在慌忙自责中大喊了一声:哎。我还没把"给你伞"说出来,她一惊失足掉进湖里。我不会游泳,不敢往湖里跳,眼睁睁地看着她下沉。水没过她的头顶,我才慌慌张张地跑回家向你爸报告,你爸却叫我不要声张,

在这件事上永远闭嘴……

我让叔叔的往事惊呆了,原来在他闲云野鹤般的躯体里,深藏着火灼般的痛楚!难怪我从来没见他拿正眼瞧过我爸,也从未听他喊过我爸一声"哥"。

叔叔重新坐下垂钓,像自言自语又像对我说:方圆几百里的人都知道我是傻瓜痴人,终身不娶,以湖为家,以钓竿为妻,他们哪里知道我钓的是一味很苦很苦的药,它能医治良心……哎,跟你说了也白说,如果你会说话多好!

但是我知道,如果我能说会道,就不至于在学校受欺负,也不至于宁愿辍学在家,更不可能做叔叔的小尾巴,他也肯定不会对我说这么多秘密。

听 鱼

农历五六月的浅水滩,总有几个夜晚让人异常兴奋,因为红鳅来了。

红鳅是一种类似沙鳅鱼、全身通红的淡水鱼,每到产卵期,它们就成群结队沿着飞云江逆流而上。在晴朗的夜空下,浅水滩上演着红鳅妈妈产仔的"生命交响曲":在湍急的水流中,它们奋力扭动细如小刀的身段,向上游挺进,不断地学鲤鱼打挺,时而发出风过竹林的窸窣声,时而发出轻柔的噼啪声,像一群不受拘束的乡村小童,击掌嬉戏。

村里专门研究淡水鱼的专家佑德,只要站到溪边静静地倾听一会儿,就知道今年红鳅队伍的强弱,是成千上万还是寥寥无几,几乎在片刻间,水中"鱼情"尽收心底。

佑德跟红鳅是有渊源的,村里的长辈们都知道那个渊源故事:他出生没几个月母亲离世,村里没有多余的奶水可以喂他,他饿得越来越虚弱,就在命悬一线时刻,父亲经人指点,拿笊篱到浅水滩上捕捉正在下崽的红鳅,每天三五条,熬成淡淡的汤水,再撇去上层的油水,他喝着红鳅汤一天天长大。

转眼间他长成阳光少年,父亲对他讲起人生之初的那段曲折生命线之后,每个有月的夏夜,他都坐到溪旁,倾听浅水滩上溪水哗啦啦流走,一年又一年。上大学假期里的一天,他对父亲说,昨晚听见浅水滩里有鱼群……父亲说:那是红鳅,是它们产卵的季节到了。父亲嘱咐,千万不要跟任何人说红鳅的产卵期到了,因为城里人络绎不绝地来村里采购,现在的红鳅越来越少,价格已经翻了好几倍,村人视捉红鳅为生财之道,巴不得连红鳅的子子孙孙都抓来卖钱。他明白,不仅红鳅对自己有救命之恩,自己所学专业也跟鱼类有关,保护红鳅责无旁贷。

"浅水滩生命交响曲"演奏了一年又一年,在城里安家的佑德每年农历五六月间还是要回老家住上一段时日,一是陪陪入土为安的父亲,二是舍不下浅水滩上的乐章。只可惜随着岁月的漂移,红鳅妈妈团队的力量越来越弱,她们的演奏声零零落落不成调。作为一个鱼类研究专家,他听在耳中忧在心里。

又一个忙碌的夏日,佑德丢下工作从百里之外赶回老家,当初传授听鱼技艺给他的老人病危,亲人们想让他走前尝尝营养丰富的红鳅,挽留他多住些时日。

到家乡已是傍晚,老人看见他时竟然气色大好,能流利地谈论起来:你是咱村唯一的听鱼人,这项技艺不能失传,如今浅水滩

的鱼少了,可以听深水潭的,小溪坑里的……老人把各处不同鱼类的发声一一做过对比,交代完毕才歇下来紧闭双眼,再次进入深度昏迷状态。

佑德不敢懈怠,急忙来到当年红鲩成群结队的大溪边,如今正是产卵期,无奈左等右等就是捕捉不到丝毫红鲩的气息,心里不断请求着弥留老者稍等再稍等……

听过一个浅水滩毫无收获,急忙赶到下游一个开阔的滩头,还是一样。如此一程程沿溪山路骑行过去,一个个浅水滩头倾听过去,不见红鲩踪影。直到最后一个浅水滩,他下车、闭目静坐、侧耳细听,一分钟、两分钟、三分钟……整整一个小时,红鲩绝迹,他颓然放声大哭。

这时,手机铃声大作:老人已驾鹤西去!

进城归来

老根叔刚到村口就遇见个人,见是谁家有新鲜事就要到处播报的"大喇叭"。看见老根叔,"大喇叭"分外热情,立马递过来一根烟,问:城里很热闹吧?

老根叔接过烟,肯定了"大喇叭"的疑问:要开那么大的会,能不热闹?

老根叔继续往家走,"大喇叭"尾随着,还没走过半个村子,城里要开国际会议的消息,已经在村里飞速传扬。

"大喇叭"一直跟到老根叔家,城里的事还没问完。这一路走一路提问,老根叔回答了不下十个问题:在宾馆睡一晚贵了很多没?坐公交有没有提价?警察是不是满街站岗?

临走,"大喇叭"还不忘提问:你带去的土特产你亲戚还喜欢吧?老根叔很自豪地答:现在的城里人都稀罕乡下人种的东西!

走出老根叔家的"大喇叭",正好遇见从地里回来的老根婶,便眉飞色舞地把来自老根叔的叙述,添油加醋地转述一番,最后他像赌咒似的说:明天我也送土特产给城里的亲戚,顺道见见大世面,国际性的会议放咱这城里开,几辈子也难遇上一回!

老根婶疾步进了家门,迫不及待地要听城里的新鲜事。

不料老根叔却黑着脸埋怨道:臭婆娘,跟你说我不想去瞧稀罕,害我在城郊的桥洞里喂一夜蚊子!

老根婶疑惑着,盯住老根叔的脸。

老根叔抬起手一挥,像赶苍蝇似的赶走老伴的目光,说:明儿咱带上身份证再去一趟试试。

碗　　事

南坑叔的女婿是个厨子,在操控锅碗瓢盆的日子里,他也爱买各类瓷碗,尤其是景德镇骨瓷方碗,他们家里有不少那种碗,个个价格不菲,南坑叔家也有一个。除此之外,南坑叔家的碗几乎都来自女婿之手,每次小夫妻俩到来,他们不让一个自家碗上桌。

听到女儿离婚的消息,南坑叔气得不行。尤其是每次就餐时,大碗小碗、饭碗汤碗,到处都有女婿的脸在晃荡,他很快做出

个决定:砸烂那些"不要脸"的碗!首先砸那个最贵的!

一声脆响,南坑叔心里一阵稀里哗啦的疼痛,看着零落不堪的碎碗瓷片,南坑叔还不解恨,捡拾起稍大片的继续砸,一边恨恨地骂:我砸死你臭不要脸的第三者!我砸死你臭不要脸的陈世美!

南坑婶虽然心疼碗,但她更替女儿委屈:一个堂堂大学生的婚姻竟然要让位给一个让世人唾弃的"小姐"!听到大碗碎裂声,她似乎听到自己和女儿的心也在噼里啪啦地碎裂。

每天砸烂一个碗,从最贵的到最便宜的,整整一个月南坑叔才完成这项"碎裂工程"。每砸烂一个碗,南坑叔都骂"臭不要脸"。砸烂所有"女婿碗"之后,南坑叔老两口的恨意似乎减弱了一点、胃口也似乎有所好转。

之后没多久,传来女儿复婚的消息。为了证实消息属实,女儿带上女婿来拜访千里之外的二老。

女儿女婿来访那几天,老两口顿顿带小夫妻俩下馆子。女儿女婿在惊讶中忐忑不已,老两口只说:以前没好好款待你们,这次好好补上。

女儿女婿回去后,老两口决定立马去一趟景德镇。

捉　贼

九点了,我带上手电和一根木棍,往溪边走去。

想起昨夜钓的野生小溪鱼都被偷了个精光,我的心里还是无比恼火。捏了捏手里的木棍,我下定决心:哪怕等到天亮,也要把偷鱼贼逮住!

方圆几十里内,谁不知道我一个六十岁开始学钓鱼的老头生活不易?还偷我的鱼!每斤可以卖到五十元,昨晚至少两三斤,偷我的鱼不就是偷我的钱吗?偷我的钱不就是等于断我的活路吗?

我气愤地想着,不由地加快了脚步,没过几分钟就到了溪边。鱼竿还是原先的样子,一动不动像一个忠实的仆人,低头俯视着水面,仿佛河床里睡着它主人的宝贝孩子。

选择一个隐蔽的地方,我坐了下来,静静地等待偷鱼贼的到来。

凉风吹来,我紧了紧衣襟;蚊虫叮咬,我轻轻拂袖赶走。就这么坚守着,盼望着偷鱼贼早点出现。

十点过去。十一点过去。十二点即将到来。

在漫长的等待中,我想:如果是村里的"懒骨头"来偷我的鱼,我会放过他,只怪他爹妈死得早,没爹娘教育的孩子难成方圆。也可能是村里的捕鱼王老石偷的?他每天夜里撒网捕鱼,白天晒鱼干卖鱼干,偷我的鱼凑数?

传来窸窸窣窣脚步声。我的睡意全消。

一只警惕性很高的猫,几步一停留,东张西望一会儿,再往溪边走去。似乎确信安全了,它开始拉扯我插在岸边泥地上的鱼篓。

至此,我才知道偷鱼贼是野猫。

不对啊,正想起身过去给它一棍子,突然觉得不对劲。一只如此弱小的野猫,能拉动装了两三斤鱼儿的鱼篓?还是静观其变吧。

野猫偷鱼一说，是村里的老渔翁告诉我的，不过他已经弃钓多年了，他的经验不可全信。他也曾劝过我多次：现在正是鱼的繁殖期，不要天天钓鱼，不然鱼会断子绝孙的……我没听他的，偌大的河床，从没断流过，鱼怎么会被钓光？

我这样胡思乱想地看着野猫，它走到左边抓了抓鱼篓，再走到右边扯了扯，十分焦急的样子，好像无从下手。野猫最后选定着手处，一对前腿扯住鱼篓、后腿抓地，整个身子弯成一张弓，估计连吃奶的力都使出来了。那张瘦弱的弓，一会儿后退一丁点，一会儿又被拽回到岸边。如此来来回回数十次，都不见它松前爪。好几次，它差点被拖到溪里，但都机智地干脆放手，然后一切重新再来。

两个小时后，鱼篓终于被一点点地拉上了岸，看见鱼篓里的鱼儿活蹦乱跳的样子，我猜得出野猫心里的得意。

喵呜，一声划破夜空的呼叫，一群野猫崽子蜂拥而至，对着鱼篓又扯又咬。

我的鱼儿呀！

我想冲出去挥舞手中的棍棒，又觉得不可思议，这几只猫能吃完我那么多鱼？肯定有人捡了野猫吃剩的便宜。捡便宜的人不厚道，我要见一见庐山真面目。

想到这里，我内心顿时安静下来，宁愿屏住气息眼睁睁看着一群野猫撕咬我的鱼篓。

只一转眼工夫，小猫们似乎都饱了，就地坐下舔身上的毛。唯独大猫保持站立姿势，像一个智者，时刻警惕着敌情。看着满足的孩子们，又看看那些跳出了鱼篓的鱼儿，有的两蹦三跳又回到溪里，有的怎么蹦都还在岸边。老猫先是看着鱼儿蹦跳，等它们不会动弹，再一条一条拨拉到溪里。看它那小心翼翼的样子，生怕弄疼了小鱼儿似的!

直到把最后一条鱼拨拉回溪里,野猫才带领小猫离开。

收竿,我决定听从老渔翁的话,禁钓。

夜　钓

老郑听一哥们说,老坟坛一带鲫鱼多又大,而且容易上钩。

老坟坛是地名,之前因为坟墓多而得名。现在大部分坟墓已经迁移,留下一个个空墓穴,像一双双眼睛望着水库。库区曾经是村庄,那些坑里埋的都是故人。如今他们都搬到别处,不知道他们的灵魂是否常常回来。钓鱼爱好者们常拿这个问题吓唬老坟坛一带夜钓的人,听的人无不笑着说:都是自己村里人的祖宗,回来就回来有什么好怕的?说归说,去那夜钓的人却不多。

这些天,老郑想多钓点鲫鱼给刚出院的老婆补身子,总是不能如愿。有人就建议去老坟坛试试。想钓大鲫鱼,老钓手们建议老郑夜钓,在夜里大鲫鱼相对容易上钩。

夜幕降临,老郑和一哥们已经来到老坟坛垂钓。这样一个星稀月朗的无风之夜,收获应该不错。这样想着,老郑不免暗自高兴,可事实却遥如彼岸无法抵达,直到夜里十点多钟,鱼篓里还是空的。老郑跟哥们相隔不足三五米,但几乎不说话,怕惊扰了警觉的大鱼。

十一点了,不会这样啊!哥们终于开腔了。

老郑还是不接话,他把希望寄托在沉寂里的下一秒或者再下

一秒,这也是所有钓手的共同心理。

老郑不接话,另一个声音却在身后响起来:窸窣、窸窣……
声音像来自墓穴。

在一阵毛骨悚然中,哥俩同时回头望向那一排墓穴,窸窣的声音即刻停止。

妈的! 哥们忍不住骂出声来。

老郑起身查看了四周,他估计有人恶作剧,喊道:兄弟,要么出来要么走开,半夜开玩笑扔沙子,会吓出心脏病的!

见没有回应,老郑和哥们继续垂钓。没过几分钟,那种抓沙扬沙的声音又响起来。有时像把一大把细沙撒向伞面,有时像粗砂落地。

王八蛋! 我们来钓点鱼关你屁事啊!

见哥们骂起"鬼"来,老郑坐不住了,站起来循声四处查看。怎奈那声音时左时右,时近时远,不能一下子辨出源头。

哥们也坐不住,站起来气势汹汹地骂:哪个祖宗来吓人啊,小心我明天把你家堵死!

哥们一开骂,声音再次断绝。整个老坟坛恢复了死寂。

老郑再无心垂钓,静候那声音再次响起来。哥们依旧坐在原地,看着老郑"寻鬼",他还交代老郑小心点,别让沙子砸到身,否则要沾晦气。

老郑骂娘的时候,一只套着青蛙的塑料袋拎在手上,示意哥们观看。

哥们把手电收拢来,打到最高挡位射向青蛙,责问道:你是哪个祖宗变的? 我掐死你! 说着就要伸手去掐青蛙。

老郑一闪身,把塑料袋往地上一放,在袋口压上一块石头,说:你仔细听听它上蹿下跳发出来的声音……

如此这般一番折腾,老郑知道今晚已经不可能钓到大鱼,于是哥俩收竿回家。

回家路上,哥们说:往后要是看到谁在钓点乱丢垃圾,我他妈的就跟谁没完!

微信红包

一大早打开手机,我就收到一个微信红包,显示的数额"50元",发包者是"皮肤科医生",对方昨天刚成为我的微友。

对于这个无缘无故到来的红包,我猜测跟十天前的"夜遇"有关。

那是农历大年二十九夜里十一点半左右,我遇见一个酒气熏天的客人,拦下我的车后她就一阵狂吐。我本想趁机开溜,转念一想这大过年的,如果不载她一程,一个独臂女人,万一出点什么意外,叫我如何心安?我下去扶了她一把,并给她递去几张餐巾纸,没想到麻烦就在女人上车后接踵而来。

女人上车后似乎彻底沉醉到了温柔乡,说了"北门"二字后,就只剩下响亮的呼噜声。不论我如何大声问话,她就是不醒,偶尔嘟囔一声"你只管开我会给钱"。偌大的福定城,我怎么知道她要去哪里?我想:把她送到北门再说吧。

到了北门最繁华的大街,已经十二点多,原本热闹的街道此刻已经人影稀疏。我无数次问她住在北门几号,她都不言语。我心急如焚,一年下来最好挣钱的时间段就在农历大年前后,跟她

耗掉的分分秒秒钟就是我的钱在流失啊。我摇下车窗,打开车门,想让冷风助她醒脑,还是不成。只听见她在迷迷糊糊中说着"皮肤科、最大、鼎鼎"等词,结合我之前的道听途说,北门有一家看皮肤很有名的门诊店,莫非她住那?

怀着瞎猫也许能撞见死耗子的侥幸心理,我把车开到"鼎鼎有名皮肤科诊所",悲哀的是该店已经关门,门上贴着两张纸"搬迁告知"和"招租告示",幸好那上面有门牌号,地址就在我接她上车的南门大街附近,也就是说之前半个多小时的行程,我都是在做无用功。

回到始发大街,终于找到搬迁"鼎鼎有名皮肤科诊所"。我差点没气得吐血:这一带是新开发商业街,根本没有人居住!我车上这女人就算是这个店的医生,也不可能住在这里。幸亏我留心,给原来店门上的纸张拍下照片,那"招租告示"有房东的电话号码。

打通房东电话,向他描述了我车里人的"独臂"等特征,证实了一件事实:她果然是"鼎鼎有名"的医生,万幸房东还没有删除她家人的电话号码。此时,我不禁松了口气,赶紧送她到郊区一个新建小区。

我把整个行车过程说给"独臂"的家人听后,要求按照行车时间付费,不料遭到了拒绝。不仅如此,那个男人还拿起手机拍我的车牌号,我知道他要做什么。虽然这段黄金时间的收费情况是业内潜规则,如果有人举报我"乱收费",也是够我喝一壶的。我说:我放弃收费还不行吗?

就这样,将近三小时的奔波,一分钱也未挣到。一股窝囊气在胸间,简直要撑裂我的肉身,可是又有什么办法呢?

此时看着这个微信红包,我的胸口还是隐隐作痛。收还是不收?一起在等客的几个的哥们说:不收白不收,五十也可以请我们吃一顿盒饭啊。"拿我当要饭的吗?"我朝他们吼了一句后,决定不接受!因为按照那天的价位,至少要给我两百。

回到家已经凌晨一点多,微信红包已经自动退回。临睡前,我给"皮肤科医生"回了一句:别拿我当要饭的!

次日,我打开微信,微信红包涨到了"200元",该微友的昵称也改成"对不起你"。我立马回复一个:我虽然缺钱但不缺尊严!对方马上回来一句:我替老婆谢谢你!接着是一连串的"磕头"表情。

你说,这样的微信红包我收呢还是不收?

保护神

保护神周忠是岭头垟村人,樟岙村人世世代代都会记得他,这种没齿难忘的恩情始于内战时期。

樟岙村坐落于一个山坳里,山坳对面山腹上有一条逶迤上升的青石岭,走到头就是岭头垟村了。站在岭头垟村村口就能把樟岙村看穿,不仅如此,还能看见那条肚脐带般连接樟岙村和镇上的大路,也是进出樟岙村的必经之路。樟岙村就像一个胎盘,挂在这条路上,也从这条路上获取外界营养:抗日战争胜利了,日本兵不会再进村了。隔壁村那个从温州搬迁来的学校,不久后也要搬回去。又要打仗了,国民党要来抓壮丁。

不管是岭头垟村人还是樟岙村人,都清楚地知道周忠报信的

最初动机。那件事发生在周忠还没开始报信之前,一队日本兵神不知鬼不觉进入了樟岙村,见到女人的日本兵个个兽性暴涨,全村女人都遭了殃:有个强烈反抗的女人被刺死,其他的都没能逃脱被轮奸的厄运,包括周忠的姐姐。

十六岁刚出头的周忠听闻姐姐的遭遇后,天天到村口望着姐姐家的屋顶,直到看见姐姐家的炊烟袅袅升起,才放心回家。有一天,他又站在村口,突然发现有一支队伍要进樟岙村。周忠看得很真切,那支队伍的穿着跟前次来村里抓壮丁的队伍一样,如果不是他个子矮小,肯定跟哥哥一起被抓走了。

周忠心里一惊,立即把双手卷成筒状、护住双唇,扯开粗大的嗓门大声呼喊起来:姐姐快跑啊! 贼兵来啦——

那一次,兵们进村的时候,樟岙村已经剩下一个空壳。

队伍很快就到了岭头垟村,威逼利诱让村民交出给樟岙村通风报信的人。在淫威之下,躲在山上的周忠还是被村人供了出来,周忠的头被割下来挂在村口的大树上,贼兵才离开。

樟岙村人听说这事后,老老少少一个不少地来到岭头垟村,把周忠的头颅取下,然后运回樟岙村,埋在村口的风水树下。村里的长辈们商定,就给周忠的牌位写上"保护神周忠"。

就在周忠牺牲后不久,又有穿着相同服装的军队经过樟岙村,由于没有人及时报信,村里的姑娘和妇女再次遭殃,他们的所作所为几乎跟日本兵没有区别。岭头垟村的女人们却因为有人在村口放哨幸免于难。放哨的人是周忠十三岁的弟弟,因为嗓门不够大,他朝着樟岙村的呼喊没有人听到。

这件事情对岭头垟村的人触动很大,从此,岭头垟村所有大嗓门的人自愿到村口放哨。一看到会祸害人的军队要进村,就扯开大嗓门呼喊,樟岙村的男女从此逃脱被抓和被奸污的厄运。

在周忠之后，又有两个没来得及躲避的岭头垟村民被杀，一个是放哨的大嗓门青年，一个是不愿意供出"报信人"的老者。他们的尸体也被埋到周忠坟冢边上，参加葬礼的人由埋葬周忠时的一个村，扩展为两个村。

遭遇老乡

几个月前我去了趟省城，一位在省城做生意多年的朋友说让我开开眼界，带我去了一趟夜总会。

我们走近吧台，一位小姐招呼我们与之同饮。小姐坐在吧台内，穿着低胸上衣，眼角及颈项上撒着银光闪烁的化妆品。她给我的第一感觉是，也许该小姐正是电视剧《红蜘蛛》里的某小姐，因此对她不怀好感。

小姐芳容姣好，听朋友介绍说我来自温州泰顺，她就老乡长老乡短地对我格外热情。她自我介绍说：她来自文成县，她还说文成与泰顺两县相邻，正如肩并肩手牵手的一对哥们。面对如此看重乡情的老乡，我由衷地感到高兴，于是略能饮酒的我频频举杯豪饮，这期间只见我那老乡小姐频频地转向身后的柜台，从中取出一扎又一扎的啤酒，而在我眼里，所有的啤酒全部都化作了浓浓的乡情。

不知喝了多少酒，小姐去音乐窗台里为我点了曲光头李进的歌曲《老乡》，那沉浑的嗓音响在耳际也响在心头，有一股关切老乡的豪情滚滚涌出："老乡见老乡两眼泪汪汪……吃过多少苦

啊？受过几回伤？其实我和你一样也想闯一闯……"电视画面上飘游着一位面容美丽、神情忧郁的美眉身影,我不由浮想联翩:或许眼前的小姐就似屏幕中人,或者屏幕中忧郁的她正是眼前的她。总之,我把我的老乡对号入座到了李进的歌中。我带着醉意的双眼开始注视只一台之隔的老乡小姐:她面颊泛红,身子有点晃,似也有几分醉态出现,但是她仍然毫不犹豫地让杯满上,不住地劝酒、豪饮,更让我为她舍命陪君子般的乡情感动。

我不时在心里追随着音乐的节奏暗暗替她在想:"他乡的话你、你、你会不会讲哪?他乡的歌你、你、你爱不爱唱?有没有钱哪寄给爹娘,想没想过何时回家乡……"此时电视里的歌词已不是李进在唱,而是我在唱,听众是心照不宣的对面小姐。

正当酒兴浓浓之时,我取出笔拿出电话本,撕下其中一页,写下自己的工作单位、家庭住址及电话号码递给这位异性老乡,并准备以指上的黄金戒指为礼以谢她的一片深情。然而正在我摘戒时,朋友边出手阻拦边说道:"你那小东西哪抵得上咱老乡的乡情啊?"说完,他摘下自己手指上的大钻戒塞给小姐说:"我替他谢你啦!"

我还要争执时,朋友连拖带拉把我扯离吧台围栏,我擂了朋友一拳,正想回头对老乡说再见,忽听背后传来熟悉的声音:"今晚胜算,酒喝了八扎(48瓶),可抽利润200多元。"猛然回头,原来是我那"老乡"发话,接着她又压低声音对她的同伴说:"那人以为我真是他老乡呢!傻鸟!"

这时我准备撂下男士的傲慢与自尊去为朋友讨回大钻戒,朋友抱住我对我耳语道:"傻瓜,那是假的,我口袋里还有好几个呢。"

我要回包垟

小区不大,坐落在县城的繁华地段,四周一米多高的围墙,像褪袄裹住婴孩似的,日夜守护着小区的安宁。

清晨,他一手拄着拐杖一手紧紧拽住她的手,来到小区大门左拐对面的老车站门前,俯身对她说:看到了吧,今天是单日没车,明天逢双才有车,你又忘记了?片刻前还是亦步亦趋的她,此刻却要挣脱他的手往车站里边走,他执意拽住才无法前行。她说:哦,是没车,我们今天就不回包垟了,明天回吧!

两个身影朝着小区往回走,路过门卫室,有人问:郑老师,今天没车回乡下老家吗?他朝对方笑笑,她爽朗地回答:我忘记了今天单号,还冤枉我家老郑,幸亏他记性好,我记性不好。对方连忙回应:师母记性好得很。听对方这么一说,她像个小孩吃了蜜糖样,欢呼着挣脱开他的手,让那干枯的十指直指着天空,作迎风飞翔状喊:嘿,你听听,我记性好得很!似乎是说给天和地听的,又似乎说给全小区的人听。小区里的人见了,无不会心一笑。

这样的事每天上演几次,有时在清晨,有时迟点。八点钟,老车站曾经有一班车隔日开往乡下最偏僻的包垟村,那儿是她和他的老家。他曾经是那个村里的代课教师,语文、数学、体育、美术身兼数职。她是家里的顶梁柱,春耕、秋收、冬藏一手操劳,直到他转正调往他乡,再转辗进入县城,她从没让他因为农活落下一节课。

进入县城后,他劝她进城居住多次,都让她以合适的理由拒绝。先是儿女们读书需要费用,仅靠他的微薄收入全家人得饿肚子,她选择耕种几亩薄地,说:至少能挣到我们俩的口粮,吃不完的还可以换油盐酱醋。他只能由着她。

转眼间,孩子们都在城里安了家,她还是不愿意到城里生活,到城里没住几天,要么说自己想那些田地山园了,要么就说哪块地哪片山林在想她了。退休的他只好住到乡下,陪她守护山林。很快他就病了,她不得不放弃乡村,进城定居。子女们放心了,他的病好转了,她却一天比一天消瘦,开始糊涂了。

一天,她拎着个小包裹,走出小区走进车站,想偷偷回一趟老家,看一眼山林田地立即搭乘原班车回城。那时候的车站还没有因为要扩建搬走,她在车站里问了好多人,都说没有到包垟村的班车了,因为那个村庄早已成为空壳。她当即泪流满面。

回到小区里,失神的她竟然找不到自己所住的房子,在门卫室坐了半天,想了很久,就是想不起自己住几号楼。幸亏他寻来,领她回家。

他不知道她为什么拎一个小包裹,也不知道她为什么大半天坐在门卫室不回家,只知道她想乡下老家想得厉害,就让子女们开车带他们回去一趟。他心想她该会欢呼雀跃,没想到回到她日思夜想的包垟村,她竟然问:这是哪里,你们怎么带我来这鸟不拉屎的破地方?我要回包垟村,我要马上回去。

清肝明目草

满仓对人说,苦菊身上又臭又脏,不和她过了!

满仓说这话的时候,苦菊正在猪圈里喂猪。十多只肉猪即将上市,二十多只猪仔吧嗒吧嗒地乱抢食,抢得苦菊手中的大勺子飞舞起来。在大勺子飞舞的节奏里,苦菊开骂了,骂猪的祖宗、骂满仓的祖宗。

满仓已经几个月没回到这个猪人同住的棚子里。满仓人不回来钱也不回来,他的钱都进了那个和他一起洗厕所的女工腰包。

苦菊除了天天骂猪天天落泪,没有别的办法。

一个邻居看不下去,点播苦菊:卖猪供子女上学吧,别指望满仓了!卖猪后的钱千万不要再给满仓拿去买酒喝。

于是,苦菊就卖猪。卖了几头猪,子女的学费就有着落了。

接下来的日子,苦菊不再骂猪的祖宗,天天和猪们聊天,聊满仓没去那个厂子做清洁工前的勤快,聊满仓进工厂做临时工后的夜不归宿,也聊那个和满仓一起做清洁工的女人。聊着聊着,苦菊又落泪。擦着泪,苦菊就骂满仓:你个死猪脑,那女人看中你口袋里的钱你也不知道!人家迟早要把你当足球踢掉的,你再不回来子女也不认识你了。

果然,满仓被苦菊言中。一年没过完,女清洁工甩了满仓,满仓回到苦菊和猪们住的棚子。满仓看见读高中的儿子在灶边,往

那只他熟悉的木制大盆里装猪食。

满仓忙走了过去,想帮忙。

儿子把手一拦,厉声问道:你从哪里来的?我这里很臭很脏,请你走远点!

满仓张了张嘴,退到棚子外。

竹篱笆隔开的另一间房里传来满仓女儿的声音:哥,你在和谁说话?听起来很不礼貌啊!

见哥没回话,妹妹走了出来。见了满仓,先是一愣,接着说:明年我初中毕业就不读书了,也能帮妈妈养猪,送哥哥读大学。你走吧,永远不用回来了。

这时,与猪圈只有一篱之隔的卧室里传来苦菊的话:不许无理!

苦菊支撑着病体,来到棚子外。

见到满仓,苦菊想不流泪,还是没忍住。满仓以为可以挽回,就大着胆子问:我能不能进去坐坐?

苦菊把脸转向兄妹俩,希望他俩给个答案。兄妹俩异口同声地说:我们这里接不接待客人,我妈说了算!说完,就扶着他们的妈妈进棚去。

苦菊一边向门外的满仓招了招手,一边对俩子女说道:今后不能这么无理,来的都是客,给他泡碗清肝明目的茶水吧,苦菊指了指窗户外那株郁郁葱葱的苦草。

满仓犹豫了一会儿,低头迈进那扇竹篱笆编制的门,兄妹俩搀扶着他们的妈妈躺下后,悄悄地退出了棚子,背上书包走向各自的学校。

最佳搭档

远方的朋友给我邮来我爱的书,为表达谢意,我买点茶叶作回礼。

还是那个小店,繁华大街往右一拐,小弄的尽头便是。没有店名、没有任何招牌、没有其他店员,就她自己——一个年过半百刚升级为奶奶的女人。

阿姨,我又来了。

她依旧那句话:买茶叶送书友的吧?

问过我要的茶叶价位,她拿出一个圆簸箕,把茶叶倒上去,招呼我一起挑拣:把那些有碍视觉的小黄叶选出来,剩下的茶叶就匀称了。

正在挑着废叶,又一个顾客在小店前停了脚步,见店主阿姨要起身,他赶紧说:我不买我不买,就看看!阿姨照样笑盈盈地说:那你随便看,这是三杯香,这是高山云雾,这是本地红茶。客人就笑着说:我还是个孩子时你就在这里卖茶叶了,现在我儿子都比我高了,你还在这里卖茶叶呢。阿姨笑得更欢了,说:我在这里二十多年了,店租都由最初的六百涨到现在的一万五呢,你们不长大才怪呢。

因为小店产权属于我们单位,我有意提前泄密给她:明年店租可能又要提了。她淡淡地说:听说要竞价。我有点替她担心,就问:如果竞价太高怎么办?她说:如果那样我就只能改行了,回

家带孙子。我问她目前的收入,她说:除了挣到够我跟老伴生活的钱,还可以余下一年出国旅游一次的费用。前年我们去了一趟新马泰,去年我们去了美国,今年打算去欧洲哪个国家走走。

看客走了,她给我装茶叶。我顺手把攒在手心的废叶往小店外一扔。阿姨见状哎哟一声惊叫,立即放下手头的活,一个箭步到了店外,蹲下身子一点一点捡我扔掉的废叶。见我尴尬,她解释道:没事没事,你再坐一会儿,我出去一趟。出于好奇,我站到小店门口远远地观看。原来,她是要把废叶扔到溪里。

在她扔茶叶的当儿,又一个客人问茶叶价格,我朝站立在大街溪边的店主喊:阿姨阿姨——或许是我的喊声太小,没能大过溪水声。

回到店里,她不好意思地向我解释:茶叶是宝贝,不忍心让它们在路上让人踩踏。我问她为什么非要扔进溪里,她说:茶叶跟水是最好的搭档。我惋惜地向她说起刚才有客人要买茶叶,现在生意已经让对面的小店拉走了。她平静地说:丢了生意不要紧,但不能丢了对茶叶的尊重。

走出小店,我突然明白:这个跟茶叶打了二十多年交道的女人,是茶叶最好的知音。

偷　秋

离中秋节还有一个多月,中秋饼的身影已经开始满大街招摇了,图案各异的精美包装也无法按捺住它们四溢的香味,一股股甜美气息在路人们的鼻翼边萦绕。随着处暑的热浪渐行渐远,节日的来临,商家的叫卖声由低到高一天天洪亮起来,就像自家有亟待出阁的姑娘,再不开吼好小伙就要让别家抢光了似的:走过路过不要错过中秋月饼咯!品中秋想中秋念中秋的,吃月饼哦!最能抓住生意的那家小店的口号是:欢迎偷秋的来抢中秋饼啦!一下子勾引年近不惑之人的童年回忆,本只是路过的人忍不住停下,在心里说:买一个月饼吧。

　　我的家乡泰顺,有许多村庄曾经流传着"偷中秋"的习俗,大家称其为偷秋。平日里乡人们对偷字无比蔑视,但到农历八月十五,偷字就揉进了孔乙己的"窃书"情怀,不仅不算偷,还带有祝福等潜在的意思,比如偷南瓜、偷冬瓜,实为送喜。偷秋送喜,送的是结婚多年未有生育的青年妇女。通常由几位好事者事前商量、踩点,商定该到哪户人丁兴旺之家的田地,偷一个南瓜、一株毛芋,在中秋夜将所得之物偷偷放到未孕妇女房前,意为祝福"多子"。更好玩的是以前的偷冬瓜送喜:偷瓜人给冬瓜穿上小孩衣裤,将冬瓜扮作宝宝,公开送给未孕妇女,将宝宝置于床中,同时送一根男人的裤腰带给未孕女子。把瓜扮作宝宝寓意明显,但是为什么要送裤腰带已无从考证,也或许是一种只可意会不可言传的祝福吧。不管是偷什么果蔬,都在作物生长地做上记号:用红头绳穿几个铜钱挂在田头,或者在地里埋点零钱,算是告知主人,我为送喜而偷,你若不怪也算是成全他人而行善了!

　　另一种偷秋类似于开玩笑搞恶作剧。或许是因为物质匮乏,要给解馋寻找一个借口,因为该类偷秋到二十世纪八十年代后就少有发生,被偷果蔬一般是房前屋后随处可见的毛豆和柚子。虽算不上贵重东西,乡人们也绝不会贪图一时的嘴瘾而坏了规矩:到每户人家偷的都不多,毛豆一两束,柚子一个。

小时候曾经跟村里的伙伴们偷过一个独居寡妇的毛豆,按理这样的人家是不该偷的,但是我们却偷了全村最不该偷的人家。不仅偷拔了她的毛豆一大捆,还放在她家安置在室外的大锅里煮,用了她家的盐巴、烧了她家的柴火。尤其不可饶恕的是,我们吃完豆子还把豆壳放回她的大锅里,等待次日她的捶胸顿足。次日清晨,有好事者特意早起要去看她的表情,想不到她却平静得像村前小溪里的深潭,没有嚷嚷一句更没有骂骂咧咧。一大伙半大孩子就此受到了强烈震撼,此后偷秋走上正轨:不偷穷苦人家,不偷孤寡人家,不偷多,不偷金贵果蔬……严格遵循"少吃不贪,多止味"的古训。

关键时刻

中考步步逼近,名牌学校的学生愈加忙碌起来,倪小样所在的附中学生也开始忙碌起来。

谁不想考上好高中呢?

这是倪小样和他同学的原话。大家都准备在关键时刻认真一把。

第一轮中考模拟成绩揭晓后,奇迹出现:A君的成绩以火箭般的速度进步。来自老师和同学,甚至校领导的一连串的赞赏落在他身上。一时间,A成为班级的楷模、学校的楷模。

受了众多的赞誉后,A的学习态度也出现一百八十度大转变,由原来的上课爱走神到全神贯注听讲,还变得好问、好学。

第二次模拟考,A君的死党B,和A一样成绩飙升,位居全班第二。

三模、四模……A的死党个个成绩都在直线上升。

到了最后一次模拟考,倪小样打电话给出门在外的父亲,要买一个手机。目的是:为了中考。倪小样对父亲说:如果不买手机,别想我考上重点高中!

倪小样的父亲火速赶回家的时候,正好离中考还有一个月。百般逼问下,倪小样坦白交代:原本他是全班第一名,但是考不过靠手机作弊的同班同学。

"如果你把这事说给老师听,我会让人揍死的!"倪小样哭着求父亲买手机。

父亲回大城市的前一天交代儿子:你只管认真读书,我不告诉老师,不会给你买手机,但是学校肯定有办法让所有同学考出自己的真实水平……

中考揭晓,果然如父亲所说,平时作弊的人没有一个考出好成绩,因手机帮不上忙:学校安装了屏蔽设备,手机上不了网。

据说,屏蔽设备是一个破产老板给学校安装的,他让校长传达一句话:一个作弊成风的学校是危险的学校。

倪小样听了校长在临考前说的这话,感觉很耳熟,想来想去就跟父亲说过的那句话纠缠在了一起:一个不讲诚信的民族是危险的民族。父亲还说:你爸我如果不是因为受了奸商欺骗,哪会从大老板沦落到负债累累的打工仔。

清明花

清明节那天，家人到山上祭祖，倪小样异常兴奋。一会儿摘花，一会儿折树枝，大自然在他眼前充分体现了魅力，让这个出生在大城市的孩子目不暇接。

家人在坟地附近铲草，倪小样和一批兄弟姐妹在山上摘花，有红的、白的、粉的。听堂姐们说那红色的花能吃，倪小样就吃了几朵，味道还不错，就当零食吃了起来。不一会儿，舌头、嘴角像涂了墨水。

倪小样吃花又喝了许多山涧水，倪小样对堂姐说：这里的矿泉水比上海的好喝呢。堂姐摸摸倪小样的头，又带他们吃了许多树叶，有的味道酸酸的，有的带点甜。倪小样非常羡慕堂姐，山上有那么零食可以免费吃。不像上海，吃什么都要钱买才行。

爸爸喊倪小样拜祖时，他说要回家。不等爸爸开口喊第二遍，倪小样就急急忙忙往家的方向跑去。有人喊堂姐劝说倪小样，也没用。妈妈去哄，爸爸再骂，爷爷奶奶拿出最诱人的条件，都无法使倪小样回心转意。

爸爸不顾众人劝阻，一把抱了倪小样到祖坟前要他下跪。只见倪小样叉开两小脚丫，紧紧拢着双膝，脸色异常痛苦。突然，倪小样浑身一阵激灵，他脚下的泥地上开出一朵湿漉漉的花。

事后，妈妈问：你尿急为什么不到山上拉？倪小样答：山上找不到厕所！

换　位

晚饭后,倪小样带着小花溜达。

还是那条通往郊区的水泥路,人来人往好不热闹!小花撒着欢,一路奔跑在倪小样的前头,到了拐弯处看不见倪小样时小花就主动停下来,伸着舌头喘着粗气。

见小花跑得如此费劲,倪小样情不自禁趴在地上学起它"走路"。还没"走"几分钟,倪小样累得气喘吁吁,心想:原来四肢着地这么难走,难怪小花没走几步就吐舌头休息呢。

倪小样摸摸小花的脑袋由衷地感叹道:老弟,真难为你了,看来你还真不容易!于是,倪小样捉住小花的俩前腿,准备教小花用两只脚走路。

费了九牛二虎之力后,小花终于能直立行走了几步,倪小样如释重负。没想到小花走了几步后又趴下了,拱着倪小样的脚跟,怎么也不愿意继续走。

倪小样问原因,小花深有感触道:老兄,真难为你了,做人还真不容易!

爱的条件反射

凌晨四点多,窗外突然起了一阵喧闹声:有棍棒的摔打声和被打人的求饶声,还有追逐的脚步声等等。如果换作一个月前,我肯定会起床,借着窗外的街灯看个究竟,可是现在只有烦,睡意被搅得全无。

很快,大街上传来老爸老妈急促的劝说声:你们别打架了,有事好好说,好好说。

正当我心里想着爸妈多管闲事时,大街上传来几声"哎哟哎哟"的叫喊,是老妈和老爸的声音。

我再也躺不住了,起身撩开窗帘:只见穿着睡衣睡裤的老爸老妈弯腰护着躺在地上的人,边上几个人举着棍子,把他们团团围住,随时想下手揍人,却找不到部位:老爸老妈张开着双臂,围成一个圈,圈在躺地上的人上方,双臂随时可以挡住下砸的棍棒。同时,爸妈嘴里都不住地求饶,好像躺在地上的是我那爱惹是生非的哥哥,最近几年来,这样的情景我见过无数次。一个月前的那些日子,尤其是夜深人静时,老爸老妈无数次在大街上求饶:求人家放过我哥哥,或者求哥哥放过被打的人。

我穿衣下楼后,打人的那拨人已经离开,地上的人艰难地坐了起来,看得出来,他被打得不轻。爸妈劝说伤者到家里避一避,说:天亮了再走就不危险了。

在给爸妈手臂搽药水时,我责怪他们多管闲事,老妈回答:我们是慌里慌张下楼的。老爸讪笑道：等我站在街上了才醒悟过来，你哥已经到军营一个多月。

小红鱼

一群人在农家乐前的池塘，围观一对吵架夫妻。

男人扬起巴掌就要往女人脸上刮过去，女人把脸迅速往一边一扭，躲开了。女人迅速藏到那群刚从农家乐出来的人群里。

男人没打着人，嘴巴越发不干净。

你这个死八婆，再嚷嚷叫我钓不到鱼，今晚扒了你的皮煮了吃！

女人估计是被凶神恶煞的丈夫吓着了，无休止地自顾重复着一句话：我丢了五十元钱我该死！我丢了钱我该死！我丢了钱我该死！

这时人们算是勉强弄明白事情的起因：女人因为丢了五十元钱，急忙忙地跑来告诉正在垂钓的丈夫，丈夫嫌女人多嘴吓跑了鱼。

只见男人把钓竿往农家乐前的池塘边一扔，嚷道：把你扔水里喂鱼！说着就往人群里钻去。

夫妻俩在这群来自城里的游客里玩起了"猫捉老鼠"。

丈夫叫嚣着扑向妻子，妻子恐惧地躲着丈夫。

钱在这！

一个十多岁穿红衣服的女孩手里拿着一张五十元纸币，朝着

女人丈夫喊。

追逐顿时停了下来。

丈夫拿起钓竿骂骂咧咧地往家走,妻子蹑手蹑脚地跟着。

恰巧他们经过倪小样家门口,倪小样问:叔叔,这么冷的天你能钓到鱼?

两个人异口同声地回答:只钓到一条小红鱼。

吸毒功臣

倪小样看见墙角边游过来一条虫子,红红的扁头,数不清的细黄脚在地板上飞快地挪动。细看有几分像蚯蚓,又有几分像蜈蚣。

看那灵动的样子,倪小样不由自主地朝它走去,他想捉来当宠物。

一捉住它,手背就让咬了一口,像针刺。倪小样立即扔了那条虫,心想:一见面就咬人,不宠它了!

没想到,被咬的地方越来越疼,简直无法忍受,就跟爸爸、妈妈、爷爷、奶奶诉说了疼的缘由。大人们一听,都被吓着了。

奶奶喊:快捉蜘蛛来!

很快,一只蜘蛛被安置到倪小样的伤口处。

也奇怪,蜘蛛趴那儿一动不动,掀动小嘴只顾吸吮,吸得倪小样全身酥麻麻的,疼痛好像减轻了许多。

一只吸饱再捉来一只,连续好几只蜘蛛吸过之后,倪小样才好好地观察那些小东西:八只脚蜷曲着、圆肚子朝天,一个个被撑坏了似的躺着一动不动。

倪小样问奶奶这些蜘蛛是不是吃饱了在睡觉,奶奶说它们中毒死了。

倪小样很难过,因为它们是为自己死的。突然记起哪个电视剧的水葬场景,就想给蜘蛛们进行水葬,再给它们取个好听的名字,想来想去觉得"吸毒功臣"不错。

倪小样端来个盆子,倒进清水,把蜘蛛放进去。

倒进大溪、小溪还是稻田呢?犹豫不决。

正在想着,盘子里的蜘蛛渐渐地有了动静,个别开始游动。

奶奶,"吸毒功臣"醒了!"吸毒功臣"醒了!

大人们一听,都说:这孩子被毒蜈蚣咬糊涂了吧?

狗爸爸

今天下午,老师说:长大想当科学家的人,不仅要爱动脑筋,动手能力也要强。

放学回家后,倪小样在心里对自己说:如果我把电视机拆开又能装回去,老师肯定表扬我动手能力强。

说做就做,倪小样把家里的电视机拆了。看来看去全是些金属玩具,就把它们卸下来几个,心想:这么多玩具装到匣子里没人玩,多可惜!

倪小样卸下那个圆形喇叭状"玩具"后,赶紧开始组装电视

机,他想趁爸妈回家之前装回去。可是没等他把电视机还原,妈妈进门了。

一顿劈头盖脸的臭骂,妈妈拿起地上的拖鞋,狠狠地揍倪小样的屁股。倪小样边摸屁股边抗议:又不是屁股做的事,你干吗打屁股啊!妈妈一听,狠狠地掐了倪小样的大腿。倪小样抚摸着大腿,带着哭腔说:大腿啊大腿,你好可怜!

倪小样的爸爸回家知道事情原委后,骂道:老子真想掐死你这狗崽子!

这时,倪小样的小狗跑来蹭爸爸的脚后跟。倪小样见状,深情地说:小狗没有爸没有妈真幸福,不会挨打不会被掐死!

爸爸余怒未消,一脚踢开小狗,喊:滚!

倪小样立即大哭着回应他爸爸:你不是小狗的爸爸,你不能打它!

倪小样抱起小狗回自己房间,抚摸着小狗的头说:我做你爸爸,将来长大了保护你好吗?我是不会打你的。说完,倪小样举起右手向小狗发誓:我保证!

特 价

倪小样路过一家商店,不经意一瞥,瞥见店里那个灰太狼头盔。

倪小样的脚不听使唤了,几乎是冲了进去,停留在头盔前。手里拿着那个塑料头盔,脑海里一遍又一遍地出现电视里正热播的灰太狼滑稽相，禁不住嘿嘿地笑出声来。

店主发话了：灰太狼很酷是吧？

这时，倪小样才看见头盔上的标价：25元，于是情不自禁道：也太贵了吧！

店主笑眯眯地说：那就20给你。

倪小样一听，有点心动。但不甘心，又砍价：再便宜点，18元怎么样？

店主爽快答应：好！

见店主那爽快样，倪小样似乎觉察到自己给高了，继续砍价：15元我就要定了。

店主边拿包装袋边夸倪小样人小又精灵，倪小样被夸得飘飘如仙。他付了钱，满心欢喜往外走，心中感谢着店主的大方，在心里盘算着：明天约几个同学一起来这里淘宝。

走到街对面的公交站，倪小样猛然记起刚才忘记看店名了，就折了回去。

到店门不远处，只见店门口靠近街边一块牌子，上面写着几个红字：本店特价，全场五折！

红字正对着街道，像笑呵呵的女店主的红唇。

局长学艺

局长退休了，闲得发慌。

经人引荐，局长跟随一魔术师学艺，为的是排遣心中烦闷。

魔术师首先教局长分身术：拿一把大号砍刀，一刀一刀地把自己的四肢和躯体切成几百份，然后把身体零部件变作昔日的部下。头颅变成局长本人，只是型号小了三分之二。左膀右臂分别变成局长在位时的两个得力副手，其他部件变作局长退休前单位里的小头目和几百号下属人士。

这天，局长闲得正慌，往日当一把手的瘾再次发作。只见他快速拿出大砍刀，准备把自己切成几千份。明知是魔术，在一旁看着的老婆见状还是急得哭出了声，弱弱地劝说道：老伴，师傅说过最多不可超过原单位管辖的总人数，你这样做要出事的。局长好像没听见老婆的话，继续砍切自己。

局长把自己切成几千份，各个身体零部件逐一变成全省各部门机关单位的头头脑脑后，局长气若游丝地回答：这是省里一把手才有的资格，死了也值。说完这些话，局长已经把全身切得一点不剩，一个规模空前的会议，在局长家一百多平方米的客厅诞生了。

只见局长整了整衣袖，万般兴奋地走上主席台，面向台下几千号人马正想开口，由他身体零部件变成的各部门头头脑脑，瞬间轰然倒地，包括局长本人，全部变成模样、大小、色泽都一样的蚯蚓。一时间，局长家的客厅成了蚯蚓的世界。

知恩图报

鸭子——

奶奶门外又有死鸭子！

倪小样气急败坏地大喊着跑进屋子，奶奶一步当做两步出了厅堂，发现躺在院子里的断气鸭子。

这是这个月的第四回了：第一回是只不知道主人的兔子，倪小样奶奶问遍村里的家家户户，都没人认领；第二回是只会下蛋的芦花鸡，下厝奶奶家的，没声没响就被咬断脖颈在倪小样家院子，倪小样家赔钱又赔礼；第三回来的是只鸭子，又是赔钱赔礼……这回，倪小样不管怎么护着，也拦不住村人要杀他家的狗了。爷爷奶奶也生自家猎狗的气，没事干咬耗子也别咬人家的牲畜啊！

于是，狗难逃厄运。

今天是杀狗解恨的第三天，倪小样家又有死鸭了。

死鸭子证明了死狗的清白，但是来得很蹊跷，全村人又把矛头指向倪小样家的大肥猫：难道猫成精作怪？

这回倪小样坚决不让众人无理取闹了，说：谁要是没有亲眼看见我家的猫咬鸭子，敢动我家的猫，我和他拼命！倪小样一边哭一边为死去的狗喊冤：哪个混蛋杀了鸭子，害死我家大黑。

这时站在枝头上的我听得一清二楚：我把狗害死了！

对了，我是一只秃鹫王，那天被一条蟒蛇纠缠住，是倪小样的

狗救了我,为了让他天天吃上肉骨头,我才……

我万般悔恨,撕心裂肺地叫一声"别了",正打算飞离倪小样家门前的果树枝头,倪小样那猎鹰无数的爷爷高高举起他那管猎枪……

鸡的事

妈妈拿着竹枝左赶右兜,忙活大半天也没把那几只顽皮的鸡赶进笼子。

妈妈就喊来爸爸帮忙。

爸爸一个箭步,捉住了一只,打开笼子想往里塞。

说时迟那时快,里边的鸡瞅准空子,一下钻出来好几只。出了笼的鸡好像更精明了,飞上高高的窗台,一边作势要往屋外飞去,一边瞪着鸡眼示威:我展翅高飞出屋,看你能奈我何?

妈妈见状,气鼓鼓地责备爸爸:叫你来帮我的,不是叫你来帮倒忙!

爸爸不甘示弱:有本事别叫我帮忙!说着,扔掉竹枝作袖手旁观状。

妈妈更是气不打一处来:滚开!给我滚远点!

爸爸也真生了气:又不是你的屋,我滚什么滚?

唇枪舌战开始。

鸡在乱窜惊叫的同时,爸爸妈妈的相互指责很快升级为谩骂。

倪小样从房间出来,皱着眉头、挠着后脑勺,拿小眼睛看爸爸妈妈的脸,不知所措。每当爸爸妈妈吵架,倪小样总要绞尽脑汁地想法子试图劝解,想不出法子就眯缝起双眼,看大人的脸。

倪小样的小眼睛看过大人无数遍之后,突然快速跑向鸡笼。只见他一把掀开鸡笼盖子,趴下身子就要往里钻。

燃烧在爸爸妈妈之间的熊熊战火即刻停歇下来,异口同声地指责道:孽障,你要做什么!

倪小样把头伸进笼子,答:鸡不进去我进去!

妈妈一个箭步冲到鸡笼子前,右手捉住倪小样拎了起来,左手在儿子屁股上一阵拍打,一个劲责骂:看你还添乱!

倪小样泪眼婆娑地叫道:别打了,别打了,让我做一只鸡吧,它们肯定不要挨打,不要天天听爸爸妈妈吵架……

窗

吉祥老汉住在小区二楼。

儿子托人买的房,儿子托人搞的装修,自己家里未掏一分钱。

住二楼有很多好处,比如上下楼不累人,正适合吉祥老汉这类腿脚不便的老年人。

刚才老伴出去买菜,老汉今天不想去,就像往日一样站在前窗。不远处的游乐场有孩童正在玩闹,其中一个小的正追逐着一个大的,一边追一边喊:站住!我是警察!再跑我就开枪了!大孩站住,假装投降。

一阵心酸,吉祥老汉站到后窗。

窗外是低矮的小山岗,却没把远方的美景全部挡住,更没挡住蔚蓝的天空。

多好的天!

吉祥老汉叹一口气,突然想起老伴的交代:给窗外的花浇水。

之前,吉祥老汉从没给花浇过水,因病在家几年了,还是没那个闲情。每次老伴交代这事,他都推辞。

今天怎么有了浇花的冲动?老汉就开始行动。

窗户钥匙在哪呢?

花草都在防盗窗外,没钥匙浇不了水。

找吧,反正闲着也是闲着。

钥匙有了,老汉像个孩子似的,一阵兴奋,就像当初听见儿子被提拔为县级干部样。

"咔嚓"一声响,防盗窗打开了。一阵春风迎面扑来,伴随着暖暖春风而来的是说不出的惬意,原来窗外的风和窗内的完全不一样!

吉祥老汉禁不住来几个深呼吸。

再一阵风扑过来,吉祥老汉手上的水壶哐当一声掉落。

吉祥老汉拿出手机拨出一串数字:喂,儿子,回来自首吧,总有一天你可以自由呼吸。

跟 踪

宝贝，你乖乖在家养病，我出去一趟。

随着一声再见，他哐当一下把我关在孤独里。

看着他急匆匆出门的背影，我一阵钻心地痛，这疼痛比我伤腿上的痛强一百倍。

我决定跟踪他。

果然，又是那个叫妙语的狐狸精！

看见他们手牵手往公园走去，我恨不得来个百米冲刺，咬断那个狐狸精的脖子，可是我的病腿严重妨碍着我的速度。我拖着这伤腿，能远远看见他们的行踪已算不错。

夜色渐渐暗淡下来，他们在一张长椅上紧紧地偎依着坐下了。我躲在远处想好好休息一下，却不敢让自己的双眼稍有懈怠：我要时刻盯梢着他们的一举一动！

果然，他的手绕过狐狸精的腰，轻轻地把她搂进怀里。

说时迟那时快，我不顾万般疼痛，冲了过去。

不幸的是，我遭了那狐狸精的飞毛腿，被踢飞到几米开外，还遭到恶狠狠地骂：死狗，滚开！

是的，我就是那条被他叫做宝贝的狗，自从他把我捡回家，又以宝贝称呼我之后，今生我就认定他了。

香 火

一张大学录取通知书让我的小名"水桶囡"传遍十里八乡。

那年头,考上大学稀罕。

前来贺喜的人与爷爷干杯,在杯盏的碰击声中我听见这句话:"当初你将她从水桶里拎出来竟然拎回个大学生哩!"

又有多少女大学生出生不到一个小时就回到水桶里?想到这里,我潸然泪下。

女娃不续香火啊!

谁家生头个女娃能活,第二第三个准要在水桶里溺死。村里有个大木桶,专溺刚出生又被认为多余的女娃。我出生时就被爷爷拎进水桶,又被我娘哭死哭活地要了回来。

娘临终前留下半句话:"带好他,续香火……"

娘生下弟弟后因失血过多,只给我们留下那半句话。

于是爹给弟弟取名香火。

都说没娘的孩子难教育,弟弟的顽劣应了那句话。

每当弟弟顽劣不堪,爹就流着泪边用扫帚打他边嚷嚷:我要你干什么?我要什么狗屁香火?!

戏　迷

每年正月初，倪小样村里都要演几场木偶戏或大戏，这几天村里来了大戏班子，今天上演梁山伯与祝英台。

倪小样的爷爷奶奶还有隔壁邻居奶奶都是戏迷，特别是隔壁奶奶，每次演员在台上哭，她就跟着哭，台上人笑她也跟着笑。有的戏曲名段子隔壁奶奶还会唱，倪小样的奶奶也会唱，比如梁山伯与祝英台里的十八相送，比如红楼梦里的天上掉个林妹妹，比如碧玉簪里的送凤冠和三盖衣等等。倪小样还发现，尽管老人们对那些剧情烂熟于心，他们看戏的热情一点不减，几乎每场必到。

看着笑着，不知过了多久，就演到梁山伯临终了，隔壁奶奶又哭开了，这次哭得比任何一次都伤心。倪小样问奶奶隔壁奶奶为什么哭，奶奶带着悲情语气告诉他：你没看见梁山伯死了吗？

倪小样一听，哇哇大哭起来。同时耳边响起隔壁爷爷死的时候，隔壁奶奶的凄切哭声。

这一哭，不少看客的目光转移到倪小样身上。

倪小样哭着往戏台方向走去，有个戏迷问：小样，你怎么啦？倪小样学着奶奶的语气反问道：你没看见梁山伯死了吗？听见这话的人都由衷感叹：这孩子，正牌戏迷！

倪小样一路哭着走近演员化妆间时，看见同村的一个哥们正站在化妆间门口探头往里张望，于是倪小样扯了扯哥们的衣角带着哭腔问：梁山伯死了躺在哪里？

哥们不耐烦地指了指戏台,反问道:你哭什么?

倪小样更是悲痛万分回答道:每天死一个人,到最后死光了,没戏看了我奶奶就不给我零花钱了。

原来,倪小样的奶奶每天看戏前都给他零花钱,为的是"不让他跟不上别的孩子,以免看戏没了好位置。"听说这是倪小样爸爸的原话。

盐

夜,八点多,接近下班时间。

超市里人山人海,放置食盐的柜子被人团团围住。无数双手,男的、女的、年轻的、年老的、粗糙的、光滑的,不约而同地伸向一包包食盐。

几分钟前,柜子被堆积如山的食盐填充,几乎是顷刻间,柜子空了。几双迟到的手,忍不住伸向柜子划拉一番,多像伸到水里捞月的手!

收银台的工作人员忙得晕头转向,巴不得自己多生出几只手来,好加快收钱、找钱、装货、打发人的速度。其中一位收银员朝不远处的同行喊:过来帮一下,我上一下洗手间。被喊的走近来,这位又嘀咕开了:今天我经手的盐,能让我的祖宗十八代吃一辈子。

超市出口不远处,一位老太太面带笑容,踱着悠闲的步子,观赏着出入超市的人群。偶尔遇见熟人便问:买到几包?听过对方回答后,她继续说:是该存上一些。

又一个熟人从超市里出来跟老太太打招呼:你还不进去买盐?听说日本地震把盐弄脏了不能吃,不久以后会吃不到盐。老太太的笑容有点僵硬,步子有点凌乱,神情惶恐起来,就向超市迈步而去。

这时,老伴几步蹿过来,拽住她就走,气鼓鼓地说:说好只来帮着涨涨人气,你还真想买?老太太迟疑道:万一大家说的是真的?话还没说完就被老伴打断:照你说来,咱家儿子白做盐老板了?非典时期他囤下的盐,不趁现在出手等什么时候?老太太顿时醒悟过来,拍一下脑门:你瞧我这记性!

五元纸币

打着响亮的喷嚏,中年妇女进了"农夫药店"。

女医生向她问好,请她入座,她一概不开口,只是微微地点点头。然后,东张西望起来,像个药监局来执行公务的人。

随后进来一个小伙子:妈,你说的就是这个药店?

女人左右观看,又跑到门口重新看了门牌号,才说:应该没记错,怎么感觉很不一样呢?

里屋走出位男医生,解答了妇女的疑问:本店新装修过了。

听见男医生的声音,女人猛地回头看着他,愣怔几秒,乖乖入了座。

女人说自己咳嗽了两个多月。医生准备了听诊器。正要往

女人的胸口塞,女人左手捂住胸口,伸出右手说:给钱吧？医生一愣,用眼神求助站在女人身后的小伙子。

小伙子手上拿着一大把面值五元的纸币,示意医生给他妈妈一张。

医生会意,起身从抽屉里拿了一张五元纸币递给女人。女人笑着把钱塞进口袋,立即仰脸,嘟起嘴巴,闭起双眼,静静地等待着,医生见状不知如何是好。小伙子悄无声息地移步到女人跟前,在她额头上轻轻啄了一下。女人睁开眼后,羞涩又满足的神情,让在场的人都觉得,她是年方二八的小姑娘。

望闻问切后,医生不记得自己给过女人多少张五元纸币了,只觉得自己满身是汗,他庆幸自己是年过不惑、生活老到之人,不然早捏拿不住这种场面了。

医生接过小伙子悄悄还给自己的钱,满心疑惑地看着母子离开药店。

果不出所料,没过多久,小伙子登门道谢,并道明事情原委:他父亲两个多月前车祸去世,母亲突然得病,时好时坏。最近又患重感冒,劝说多时才答应到农夫药店看病,说是那里的医生和生父容貌和声音都非常相像。五元钱,是父母恋爱时常玩的游戏。

形势所迫

"喂,哪位?是郑科长啊,真不好意思,我不在单位,这几天在医院里躺着呢……不是我贵人多忘事,我哪能忘记您呢?就是忘记祖宗也不敢忘记兄弟啊……不用来看我,小事一桩,前几天脚崴了……谢谢关心!我不能陪你们逛风景区了,对不住啊!"

五一长假里,王镇长的手机响个不停,不是叫他吃饭就是叫他一同逛风景区的。

谁让麻皮镇是著名的风景区呢?

住院第三天,王镇长实在躺不住了,想到住院部四周溜达溜达。

正要起身,门口有人嚷着要进来,被值班护士喝住了。

听见响声,王镇长立即又躺下了。可是,门外的情况越来越不对劲,有人直呼王镇长的小名:三囝,让娘看看。

王镇长一骨碌坐了起来,向着门口喊道:护士,让她进来!

一进病房,王镇长的娘就责怪道:病了也不跟娘说一声?她的眼眶是红的,说话语调也异样。

看见王镇长脚上的绷带,做娘的又责怪道:老大不小了,怎么还这么不小心?听说是走路崴的?

王镇长示意娘把门关上。

门窗都关好后,嘭的一声,王镇长站到了地板上,悄声对老娘说:这下,你放心了吧?

老娘正纳闷着,想解开儿子脚上的绷带看个究竟。

王镇长嘘了一声:如果不这样做,我一年的工资都会在这几天里吃光、买门票用光的。

娘还是不解:那你前几年……

王镇长一声叹息:前几年形势不一样,只要签一下名字。

离　婚

罗阳老汉今年七十有三了,今天上午,他和六十八岁的王大娘刚办理了离婚手续。

走出民政局,罗阳老汉就给大儿子打电话:儿子,老爸又单身了。儿子问他为什么,他说不为什么,想离就离了,一个人清静,啥时想看儿孙随时能走得开。电话那头儿子说:你一大把年纪的,还是我们过去看你方便。老汉连声说好。

打完大儿子的电话,又给二儿子、三儿子和女儿们打,把自己和王大娘离婚的事全说了个遍。对每个儿女说的相同一句话就是:如果你们想老爸了,不管白天黑夜随时来啊,来时一定带上我家小孙孙,不然,我可不待见你们!

走出民政局的王大娘也给她的子女们打了一通电话,内容几乎与罗阳老汉同子女们说的一模一样。

当天夜里十点多,罗阳老汉给王大娘打电话:你们家子女今天来看你没?

王大娘说:都说周末来呢。老汉也说:我家那些龟孙子也都说这个周末来看我。咳,好几个月没见我的小孙子们,想死他们了!

那头王大娘也说:就是嘛!

刚聊完想儿孙的事掐了电话,罗阳老汉躺到被窝里,辗转反侧难以入睡,又给王大娘打电话。那边的手机也接得真及时,铃才响一声,听筒里就有了声音。老汉说:这么晚了龟孙子们肯定不会来了,要不你还是过来睡吧。王大娘说:还是你来我这边吧?万一他们半夜来了,你翻墙的本事比我强。

这么一阵商量后,罗阳老汉和王大娘又睡到一张床上了,一个睡这头,一个睡那头,各自搂着对方的脚丫子。

父亲的遗愿

肺癌晚期的父亲在医生多次下达病危通知后,都缓过劲来。每次醒来就嚷着要出院回家,说自己有很多活没干。

这次昏迷长达三天,医生让办理出院手续。

回到家后,父亲几次没了气息,亲人的哭声一起,他又重获新生,如此三番五次游走在生死间,就是不肯撒手人寰。

任政府部门要职的子女们左右猜不透临终的父亲有什么未了的心愿,最后想到一个不算亲人的人——几年没进过家门的大姐夫。

当年,大姐夫妻吵架时,大姐夫曾骂过一句让兄弟们拳头痒痒的话"你们全家都是贪官污吏,不会有好下场",兄弟几个想收

拾他，都被父亲拦下，说：夫妻床头吵架床尾和。

想不到这个多年未曾进家门的人，一到老人床前就号哭开来。他边哭边说：爸，您不是说自己的身体很好吗？您赞助我的钱，公司起色后我要连本带息还给您的呀。

难怪老爸不缺吃穿还是天天去打零工攒钱，原来钱全借给了这个外人！

兄弟姐妹们对这个男人的鄙夷，又多了几分。

男人跪了许久后，按照老人的指示，把耳朵凑在老人嘴边。男人像个孩子般嘤嘤哭泣着答应道：您放心，我一定监督他们，您若实在痛苦就先走一步吧？

听完承诺，老人走了。

男人起身，宣告一件要事：每个兄弟姐妹都给我听好了，两个月内你们不把受贿所得的钱财全数退回，我就把之前老爸交给我的材料交到纪委。

最后，男人又说：我欠老爸35万元，半年后连本带息还给你们。

呼唤乔小乔

抱着包、拿着机票，老汉找到相应的候机大厅。从到机场那一刻起，他就时不时打开背包看一眼，好像他那洗得褪了色的帆布背包里装了国宝似的。

终于听到广播里喊人登机了，他迫不及待地起身，小心翼翼地将背包又搂了搂，像热恋中的年轻人。

从候机厅到机舱外，老汉走得极其慢，每走一步就对着怀里的背包说上几句话，个别在大厅就注意到老汉举动的乘客，甚至开始怀疑他的精神状态了。

到座位上，老汉打开背包，取出一尊泥塑，放到自己邻座的位置上，对泥塑说了一阵子话后，他非常满足地抬头看前后座的旅客以及在忙碌着的空姐们。

这时，老汉听到广播在呼叫乔小乔登机，一遍又一遍地呼叫。在他听来，这一声声呼叫简直像母亲呼唤走失的孩童般急切。老汉慌神了，对身边的一位空姐说：闺女，麻烦您去说一声，乔小乔已经登机了，我给她买的票。

空姐顺着老人的手势，看了看座位上的泥塑，眼里充满疑惑。老人只好和盘端出内心的秘密。

乔小乔是老人的妻子，去世多年了。从小她就是个蓝天谜。结婚生子后，她更爱蓝天白云了，因为她深信自己先后夭折的几个婴孩都住在云朵里，他们还常拿天上的白云朵说事，变换着花样逗开心。老伴临走前，老汉许诺总有一天要带她坐飞机，看看蓝天白云里的孩子们。

最后，老汉无奈地说：都怪我收入太低了，一直买不起机票，攒了五年的钱才够带她坐一个来回的飞机。说完，老汉深情地看一眼身边座位上的泥塑。

一箩筐钱

姥爷结婚那天收了很多礼金。看着整整一箩筐钱,姥爷高兴得直夸姥姥带财,他说,想不到自己老大不小了还娶个财神婆。

第二天一大早,姥爷提上一箩筐钱去了镇里。最近人们一直在传钱要跌价的事,姥爷想尽快把它们换成可吃可用的东西。

姥爷走进一家杂货铺,想给姥姥买个发卡。

五千一个。

店主的要价让姥爷一惊:有这么贵的发卡吗?

明天说不定要五万一个呢!

店主答得理直气壮,姥爷听得蔫头耷脑。

姥爷一连问了几家铺子,都是相同的结果,有的甚至要价上万元。

老爷一跺脚,提上那箩筐钱往家走。看着最大面值五千、上万,最小面值一百、几百的花花绿绿的纸币,姥爷直骂镇上的店主全是黑心家伙。

次日姥爷又带钱去了县城。经过上百座高山、绕过几十条小河小涧,一箩筐钱带给老爷的,没有丝毫惊喜,只有更大的懊恼——人家说它们分文不值,今天开始用新钱了!

姥爷当即软了四肢,像一根蔫黄瓜瘫在一家小店柜台上,话也不会说了。

本来半天就能走完的回家路,姥爷走到半夜才到家。一路上,几次想把钱撕个粉碎,或点火一烧了之,都没舍得。

新钱币流通很久很久以后的一个早晨,姥姥煮一锅稀饭,把一箩筐钱贴到睡房的天花板上,好在每天睡前看看它们。

问　卷

倪小样和村里的几个同学拿着调查表,来到小镇的街上。

看见对面过来一个老爷爷,倪小样第一个冲上前去,展开调查表,正要发问,起初还愣怔着的老爷爷突然闪身避开,疾步走掉。

第二个人过来了,倪小样又一个箭步上去,刚摊开调查表,对方又神色慌张地走掉了。

倪小样有点气馁,第三个人、第四个人走过来,他没有冲在最前头,结果还是一个样。

倪小样和几个同伴不知道该怎么完成老师交代的作业了。

这是一份关于"农村居民是否参与六合彩"的问卷调查,问题不到十个。比如,你参加六合彩吗?村里有没有人做"彩头"?你多久押一次六合彩?等等。

原本打算在放暑假第一天就完成的作业,没料到会出现如此意外的状况。

几十号人马都避开之后,终于来了一个熟人,倪小样的三婶。

没等三婶走得够近,倪小样就以贼快的速度迎了上去。手里拿着调查表的倪小样,差点没和三婶撞个满怀。

也许是三婶没看清倪小样,只朝小样手上的纸张看了一眼,就慌忙说着:我不玩六合彩的,我不来六合彩的。倪小样在后面直喊"三婶",才把三婶喊住。

小鬼头!吓死我了!

这是停下脚步后三婶的第一句话。

我以为是村主任派来的人!

这是三婶的第二句话。

原来,村里六合彩风盛行,村主任多次警告无效,就放出话来要报告派出所,让公安警察来管管。所以人人看见拿着纸张的人就避开,怕遇上来调查事情真相的,哪怕是像倪小样一般大小的小屁孩。

回答完倪小样的问题,三婶不无警惕地道:小子,你该不会是村主任派来的卧底吧?

拜　访

倪小样跟随爸爸去拜访老师公。

到老师公家里,爸爸还没来得及向他的老师问好,倪小样就抢先打了招呼:"拉须公"好!

本来倪小样想叫"老师公",看见对方高高拱起的背、差点对接到腹部的头颅时,倪小样的脑海里只有"拉须公"三个字,于是临时改变了主意。

按照方言"拉须公"的意思就是虾姑,在倪小样的眼里,爸爸的老师真像一只煮熟的虾姑。

正当倪小样为自己有创意的招呼洋洋得意,手臂上遭了爸爸的使劲一掐。倪小样疼得大哭起来。

倪小样的爸爸正尴尬地朝老师笑:这孩子真笨,快五岁还是发音不全。

老师不等对方说完,就摸着倪小样的头,说:老师公就是拉须公,长得像!你没错,是你爸不对!

被老师公牵到客厅的倪小样,又发现了新情况:老师公的双臂与常人的很不一样!他看完右手手臂又看左手手臂,好奇地说:蚯蚓,蚯蚓。老师公,你手臂上那么多蚯蚓谁捉来放上去的?

倪小样的爸爸又是一阵尴尬,拿眼睛剜儿子。可是儿子的注意力全在"蚯蚓"上,不停地拿手指轻轻触碰那些"蚯蚓"。一个念头在脑子闪过,他想让蚯蚓滚落下来,扬起小巴掌用力拍了一下。只见老师公的手臂一抖、嘴角一抽,吩咐道:轻点,轻点,蚯蚓怕疼呢。

倪小样正在小心翼翼玩蚯蚓,隔壁飘过来一阵钢琴声:叮咚,叮叮咚咚、叮、咚。声音杂乱无力,像一个游魂,东碰西撞无着落。

老师公站起身,说:我去去就回,你陪师母聊一会儿吧。

倪小样一边吃着糖果一边听爸爸和老师婆闲聊。不一会儿,老师公从卧室里出来,倪小样朝老人奔了过去,又要玩他手臂上的"蚯蚓"。老师公赶紧抬高了双臂、伸展着,像展翅欲飞的鹰,说:你看,蚯蚓刚才都被捉下、藏起来了,等我去隔壁回来再让你看好不好?

倪小样仰头看老师公的双臂,蚯蚓真的不在了。

老师公说完话,就到隔壁去了。

从老师婆的嘴里得知,这几天隔壁人家的孩子在学钢琴,时

常是哭闹着敲打钢琴不愿意再学,家长急,就教训孩子。曾经是音乐老师的"老师公"听不下去,就去买些小玩具,送隔壁去。

"说来也怪,"老师婆说,"不知道你王老师用什么方法,每次他去隔壁几分钟后,那边的哭声就没了,琴声也像样起来。"

正说着,老师公就回来了。他又坐到倪小样的身旁。刚坐下,倪小样就嚷嚷着要捉蚯蚓。

老师公恍然大悟,去了一趟卫生间。

从卫生间出来的时候,老师公手臂上的蚯蚓就回来了。倪小样还是像刚才那样,拿手指不断地把玩着一条条"蚯蚓"。

在按着"蚯蚓"玩的同时,倪小样听到爸爸问:王老师,你怎么在短短几分钟内让隔壁的琴声悠扬悦耳起来的?

老师公叹着气:我只是对小姑娘说了几句话,再送她一个玩具。

谢谢你的琴声,住你隔壁真幸福,能免费听你弹琴,这是我送你的礼物。这是老师公对隔壁小姑娘说的话。

倪小样的爸爸看着儿子不停淘气地按着"蚯蚓",直想制止。身为老师的又说:一般孩子都害怕我身上化疗化出来的黑血管,我担心吓着孩子,每次去隔壁前我都把双臂化妆一番。你刚才也见识了我"化腐朽为神奇"的本事。

叹过气,老师公似乎累了,闭上眼睛靠在沙发,过了好一会才爱惜地拍拍倪小样的后背说:你家小子真不一样,竟喜欢玩我的黑血管!希望他长大后成为能根治癌症的名医。

突击检查

倪小样在心里默数：十、九、八、七、六……

还没数到一，晚自习的下课铃声就响了起来，大伙正打算以脱缰野马的速度冲出教室。门被推开，英语老师和班主任堵在门口。

大家心里明白：又是突击检查！学校为了阻止学生带手机进校园，经常搞这样的检查。

大家自觉以小组为单位排成队，一个接一个往教室门口走去。走到俩老师面前就主动张开双臂，让老师搜身。从衣服口袋到裤子口袋，有穿连帽衣服的帽兜子也要查看。老师们为了查手机，一点也不会马虎。

往常，搜身的事由班主任一人做，今天英语老师也参与进来了。可见事态的严重，肯定又有人举报某某带手机进校园了。这种事常发生。

搜了两组，没查到一个手机。班主任说：王老师你去看抽屉吧。

英语老师应声，就去翻看每一张课桌的抽屉了。

倪小样紧张了，他避开班主任，绕到英语老师身边说：我带了一本小说，不会没收吧？保证不在上课时间看。

英语老师一边查看抽屉一边摆摆手，示意不没收。

班主任似乎长了顺风耳，立即交代英语老师：如果发现课外

书,一起收了。他给出的理由是:现在面临中考,不希望有人带课外书影响学习。

倪小样急得直咬牙,躲到一个同学背后,狠狠地朝班主任方向丢去一个厌恶的表情。

幸亏英语老师解救:"马老师,今晚有点迟了,课外书的事还是明天再说吧!"

班主任不置可否,倪小样的《斗破苍穹》算是得救了。其实他还带了几本漫画书。

"哪个倒霉蛋被查到手机没?"

"高压线谁敢碰啊!"

"学校早就下了禁令带手机到学校的,扣押毕业证书!"

回寝室的路上,大家七嘴八舌地匆匆聊了几句。

第二天早上集会时间,一个倒霉蛋被拉到国旗下,大家心照不宣,坏坏地等着他宣读检讨书。

倒霉蛋念道:手机真的不是我的,是玉兰给我的。

台下一片哗然:他真能撒谎!玉兰是尖子生,每次考试都拿奖学金,全校都认识她。

倒霉蛋继续念道:玉兰说她在女厕所捡到一部手机,发现里面的短信很有意思就给我看,我没有及时还给她,然后……

玉兰被请上站台,她给倒霉蛋狠狠抛去一个眼神,然后大声说:他血口喷人!

事实已经很清楚,倒霉蛋这个臭名昭著的东西,不愧是全校有名的差生。政教主任要倒霉蛋当众念手机里的短信,他摆出无所谓的样子,念了起来。无非是"我爱你我想你",还有"去你的房间还是去我房间"之类的话。

短信还没念完,班主任马老师和英语老师同时冲上了站台。

之后,政教主任宣布:玉兰同学捡到东西没有及时上交,给她警告一次。

这是学校里唯一的一个尖子生受到的处分。

人间过客

"海洋,你赶快到殡仪馆来,妈在这等你!"

陈海洋正想多问问妈的情况,那头他哥已经掐了电话。容不得多想,他就火急火燎地赶往本县唯一的那家殡仪馆。

在殡仪馆门口见到大哥的一刹那,陈海洋看不出大哥脸上一丁点的悲伤,不禁在心里暗骂:没良心的东西!

"妈呢?"

陈海洋带着怒气问道,声音里飘着一丝颤抖,颤抖里饱含着那种发自肺腑的痛。

"你自己看去呗。"

漫不经心的回答激怒了陈海洋,他扬手正要一巴掌刮过去,只觉得一阵眩晕,双腿差点软下去,他赶紧把扬起的手转移到围栏上。

看着大哥轻快的步子,陈海洋心里的懊悔无言以表:当初若知道大哥怀恨母亲到这步田地,他宁愿放弃CEO的职位,一辈子躲在大哥身后做个诚挚的助理。

接任家族企业CEO两个多月以来,陈海洋没休息过一天,全国各地玩命地跑单拿业务,他不能辜负众望。想想自己的苦与

累,陈海洋突然理解年近花甲的母亲,虽然事业干得顺风顺水,但也该卸任享享清福了。

想到这,陈海洋不禁悲从中来,忍不住哇的一声大哭出来。

"妈没事!"

大哥回头说的这句话,止住了陈海洋的哭声,却止不住他奔涌的眼泪。

直到见到母亲气定神闲端坐在追思堂的那一刻,陈海洋的悲痛感瞬间让欣慰的情绪所代替。他站定,仔细端详着母亲,甚至拉了拉母亲温热的双手。

殡仪馆工作人员端来一杯热茶,说:陈董,你们预定这追思堂两个小时,现在还剩半个小时,时间一到就有死者家属要用此地。

追思堂上挂着父亲的遗像。

喝着热茶,陈海洋再度看父亲的遗容:那张定格在四十岁的国字脸依然英气逼人,依旧带着 CEO 的威严,因过度操持而略显疲惫。

见儿子镇静下来,母亲开口了:这是你爸走后第一次来这里吧?见儿子点头,她又追问道:接受新职位两个多月了,你在家过夜一次、在家吃饭三次、跟女儿聊天四回,对吗?

妈——

儿子想打断母亲的话,却被挡了回来:海洋,妈和你大伯当初不选你大哥作总裁,就是因为他做事过于追求完美,工作太玩命太像你爸……说着,母亲的声音就开始变了调。

儿子不再接话,母亲接着唠叨:生意再忙,也要偷个闲字养身子啊?有健康才有其他的一切……所以我跟你大伯商量好了,今后无论你多么忙,都要提醒你至少每半年上殡仪馆一次。可以拜望你父亲,也可以参加别人的追思会……到了这里,你总该知道要多爱惜自己的身体了吧?

正说着,一阵撕心裂肺的哭声,从焚尸炉方向穿越过道灌进追思堂来,陈海洋的心一阵紧:又一个人间过客走了……

再看一眼父亲的遗容,陈海洋吩咐司机:回家。

当天,陈海洋把一笔数额不小的生意交给助手打理,招呼母亲、大哥一家、大伯一家到自己家。

陈海洋一进家门,就听见五岁的女儿兴奋地唱"生日快乐!祝你生日快乐!"的歌。

白卷卷

为了讨好超级喜欢猫的女朋友,倪小样的堂哥小强买了一只猫咪,全身除了卷卷的尾巴尖、大大的眼睛圈、四个蹄子和鼻梁是黑色外,其余都呈雪白状,一看就知是好货色。女朋友一见该小猫就欢喜得不得了,立即给取了名字:白卷卷。

小强把白卷卷带回家后才知道自己的主宰范围是有限的,不像带女朋友回家那么顺畅,带女朋友回家只要对方同意即可,带猫回家还要他老妈同意。

小强老妈见到猫的第一眼就说:脏死了!小强反驳道:全身都那么雪白哪里脏?他妈妈就从猫咪身上找跳蚤,轻而易举找到一只。这下小强无话可说,当夜,灭过跳蚤洗过澡的白卷卷也只能睡在浴室。

"这样下去不行啊?白卷卷要憋出病来的!"夜里,女朋友三

番五次起床,万般怜惜地将白卷卷搂在怀里亲了又亲。

次日,小强想到一个办法:亲妈家不给白卷卷生活空间,送后妈家去!在他的印象中,爸爸是爱动物人士,后妈仁厚,肯定会收留小猫。

抱着白卷卷到后妈家里,后妈和爸爸的担心又把小强他们挡了回来:让猫住在小套房里,它一会儿上餐桌,一会儿进卧室,肯定不行。

第二天晚上,小强把白卷卷安排在套房外楼梯脚下的空间里。没等俩人回家,它就先到四楼套房门外了。三番五次都这样,送下去它又一溜烟上来。俩人只好把白卷卷关进笼子,但不上锁,如果它开得出来就偷偷让它进屋,否则就作罢。

半夜时分小强听见猫叫声,几次开门都不见猫影。次日清晨,白卷卷却睡在门外。

第三天夜里,出差在外的亲妈再次来电话,催促小强赶紧把猫送人,她担心小强趁自己不在家,放猫进屋跟猫同住。小强说:白卷卷昨晚被野猫咬成重伤了。电话那边的紧张感即刻传递了过来:那就把它锁进笼子去,别再让它出来乱跑,我回来想办法给它安个家。

第四天中午,小强在饭桌上跟后妈说白卷卷被咬伤的事,后妈也是一脸的紧张,并对小强他爸说:我们还是收养了它吧。

小强跟女朋友兴冲冲回家后,发现白卷卷不见了,一起失踪的还有猫笼、猫碗、猫粮。俩人正要开骂偷猫贼,女朋友手机响起来,是小强的准丈母娘:你们的计谋不错啊!故意说白卷卷出事的吧?害得我请假赶回来给它挪窝。

小强跟女朋友击掌欢庆:白卷卷假伤成功!

潇潇的改变

潇潇是倪小样的表弟,今年上三年级,因为爸妈全年在外地打工,他跟随爷爷奶奶就读于本村村小。

除了卫生习惯不是很好,潇潇算得上是品学兼优的好学生,每次考试,他都稳居全班前三名、全年段前十名,从一年级开始到三年级,从来都这么棒。爷爷奶奶常以此为荣,爸爸妈妈也因此放心在外挣钱。

说潇潇卫生习惯不好,主要是因为他不爱洗头也不爱洗澡:不到周末他坚决不洗头,哪怕多热的天他也不想天天洗澡,能拖延就拖延能不洗就不洗。

今天是星期二,潇潇一回到家就大声喊:奶奶,我要洗头!奶奶一时没回过神来,想确认一下是否自己听错了,问道:你是说洗头吗什么时候洗?潇潇很不耐烦地回答:马上!我要现在洗头!

奶奶说:先吃饭吧?潇潇不依不饶,就是要马上洗头,然后才肯吃午饭。奶奶只好先给他洗头。洗完头,潇潇拿来镜子左右照着,嘴里不停地自言自语:看谁还敢说我台风头!

在午餐桌上,奶奶问潇潇为什么先洗头后吃饭,他就是沉默不语。直到下午老师打来电话说"潇潇跟一个女同学打架,让家长去一下学校",奶奶才隐约明白:原来女同学给潇潇取绰号"台风头"。

回家路上,奶奶仔细观察潇潇的头发:由于他怕理发,头发已

经超过一寸长,因为他不爱洗头,脏头发单侧倒向一边。奶奶在心里念叨:还真像一块完整的稻田刚让台风打过!

从此以后,潇潇不爱洗头的恶习得到改善,但是不管在家里还是在学校,谁都不可以再提起"台风头",否则他准跟人急。

寻找黑蚂蚁

爷爷的痛风病又发作了,拿筷子的手哆哆嗦嗦的,连菜都夹不到自己碗里,倪小样看在眼里疼在心上。正值中秋节假期,倪小样决定为爷爷做一件事:捉黑蚂蚁给爷爷泡酒喝。这是倪小样看电视学来的知识:用黑蚂蚁泡酒能治好几种病。倪小样只记住能治痛风。

一声招呼,倪小样的死党们就出发了,大家都觉得村后山林子里的黑蚂蚁窝比较容易对付,因为树比较矮,不像村前大枫树上的蚂蚁窝,虽然巨大、蚂蚁肯定也多,但是要把它安全弄到家却费事:万一黑蚂蚁上了身,遭咬可疼了。村里就有人让黑蚂蚁咬过,说是比蜜蜂咬人还疼。

到了林子里,每看到一个蚂蚁窝,倪小样就折下根枝条,朝着蚂蚁窝捅出一个洞,等待蚂蚁出巢,如果是黑蚂蚁,就喊同伴帮忙张开塑料袋,收了;如果不是黑蚂蚁,大家撤退再找下一个。

不到两个小时,他们就收纳了四个黑蚂蚁窝。因为心存害怕,大家都不敢拎装有黑蚂蚁的塑料袋,倪小样却完全不当回事,说:我就不信那个邪,袋子口绑那么死它们还能出来!

秋天的山林是一个巨大的免费零食店,乌饭、小山橘、地捻、桃金娘、胡颓子,还有好些叫不上学名的野果子,都争先恐后成熟了,倪小样他们寻找黑蚂蚁的同时,也不忘过馋瘾。等到一张张嘴巴都吃到乌黑乌黑,听见村里有人大声喊吃饭了,他们才急着往回赶。

刚到山脚下,突然听见倪小样哇哇地大叫起来,大伙儿停住脚步,发现倪小样手上的塑料袋破了一个洞,黑蚂蚁肯定上他身了。

扔掉!快点扔掉!

脱掉!快点脱掉衣服!

在这几声提醒之下,倪小样把手上几个塑料袋甩得远远的,一边蹦跳一边喊疼死了,三下五除二就把自己脱得精光,连裤衩也没留。

众目睽睽之下,倪小样两只手没一下子空闲,一下一下不停地往身上抓挠,身上到处是一条条的抓痕。

几个女死党早已别过脸去,背对着倪小样了。过了好一会才问:好了没有?

倪小样这才突然记起一个字:羞!赶忙去拿裤子,可是怎么敢再穿上身?只好借用同伴 件外套,俩袖子捆在腰间、衣身挡在前边,说:你们先回去吧,我走最后面。

这事之后,倪小样再没同女死党们参加野外活动。

香水开会

数一数今天收到的礼物,共有十五件,能收到这么多生日礼物,倪小样有点飘飘然了。到这个新班级里才一个月,倪小样还没交到多少好朋友呢,满打满算也不过五个。挑出那几个名字烂熟于心的好朋友的礼物盒子,暂放一边,倪小样想逐一打开其他盒子,他想知道大家送的是什么东西:一个个盒子看上去都挺精致,那么小巧玲珑,难道是橡皮擦?手机挂件?耳机?……倪小样猜不出来。

如果说打开第一个盒子的时候,倪小样只是有点吃惊的话,那么打开第二个第三个第四个盒子后,倪小样的心情几乎一路狂跌,最后几乎到了沮丧的谷底。因为所有的盒子里装的都是香水,如果把所有的瓶子摆在一起,简直就是一个迷你"香水 party"。要命的是,倪小样根本不知道大家为什么不约而同送自己香水,又不好意思开口询问,倪小样只好把"香水礼物"带回家去。

奶奶猜想:可能是人家发现你有脚臭毛病,香水可以喷脚底?爷爷则有另外的看法:你在校期间洗澡不及时了吧,熏着你同学了?爷爷奶奶给出一大堆可能性,都没有让倪小样认可。香水礼物成了倪小样解不开的结,从校园拎回家,又从家拎回学校,几个星期就把倪小样压得透不过气。

就在倪小样日渐消沉的时候,一本书里讲述的故事提醒了他。故事里女主人公的丈夫常年出门在外打工，为了拒绝不怀好意的男人对自己的勾引，女人天天嚼生大蒜当零食。倪小样想到自己从小跟随父母生活在北方，养成嚼生大葱大蒜的习惯，每顿饭几乎无葱蒜不欢。

心头结打开后，倪小样想改变自己的饮食习惯，可是收效甚微。转眼第二个生日又来临了，这次倪小样几乎收到全班同学的礼物，是各色口香糖，足够开一个口香糖 party。

扰民的公鸡

片区民警走出舅舅家门口时，倪小样就觉得那些爱打鸣的公鸡大祸临头了，因为民警说，小区里多户人家举报它们扰民。也是哈，那些无聊的公鸡每天夜里两三点钟开始打鸣，起初一声两声，不用几分钟就是鸡鸣声一片，几乎成为淹没美梦的汪洋大海。

刚到舅舅家的前几天，倪小样就被鸡们搅碎过美梦，因为舅妈生宝宝，乡下亲戚送来十几只大公鸡都关在　楼的杂物间。倪小样曾经跟随外婆一起给它们喂过食。

外婆征求舅舅的意见，是把公鸡全部杀掉冷冻呢，还是暂时送到郊区亲戚家去寄养。如果采取第一个方案，担心鸡肉营养价值下降。如果选第二个方案，担心打扰亲戚而且每天跑十多公里拎回一只鸡来杀，也不是很方便。

正在外婆和舅舅左右为难之际，倪小样看到一卷胶带，他灵机一动，拿上胶带、向外婆要来杂物间钥匙，丢下一句话"我有办

法了"就往楼下跑去。

俩大人看倪小样如此兴冲冲、成竹在胸地下楼,也尾随而去。

倪小样一进杂货间就去抓鸡,左扑腾右抓挠的,没几下子还真让他抓到一只。倪小样拎着鸡说:舅舅你抓鸡爪!外婆你抓鸡翅!

两个大人这时已经懂得倪小样的办法了,一边大笑着一边夸奖:还真是个办法!外婆交代:不能把鸡啄子上的鼻孔绑住。倪小样应声:我知道呢。

从此之后,倪小样的舅妈天天能吃上新鲜鸡肉。倪小样则把自己拿胶带绑住公鸡嘴巴不让打鸣的创举写成了日记,题目:胶带的创新用法。

外公的呼噜声

半夜里倪小样让一泡尿憋醒,喊了几声外公,灯亮了。

外婆带倪小样上完洗手间,听着外公的呼噜声,倪小样立刻让睡意包裹了,迷迷糊糊中听见外婆说:老头子,谢谢你了!

连续几天,倪小样都要在半夜醒来,在呼噜声中喊外公,在呼噜声中听见外婆对外公说谢谢。

每天夜里醒来,倪小样都要问外婆,外公去哪了,外婆都说在隔壁睡觉,倪小样要到隔壁跟外公睡,外婆却不许。

一天,外婆家隔壁的小朋友招呼倪小样去玩过家家,直到吃饭时间还不肯回来。倪小样的外婆只好到隔壁人家来哄劝。

回家后,倪小样听见外婆给妈妈打电话:还以为你爸有多么放不下我,让魂魄留下来天天打呼噜陪我,原来是隔壁王阿姨的录音机在打呼噜!王阿姨说她儿子给的录音机让她防偷,不仅夜里开着,白天人不在家也开着,明明是你爸的呼噜声,我听了几十年了她还想耍赖。

　　放下电话,倪小样见外婆含泪继续叨叨:死老头,你走得好!你走了真干净!

　　这时,隔壁王阿姨来串门:隔壁嫂,我想想还是要跟你说实话,你家大哥去年给我录音带子的时候,说万一哪一天他心脏病复发抢不过来,怕你和外孙没他的呼噜声睡不踏实。

校长的绝招

　　期末将近,倪小样和同学们的日子越来越不好过了,因为每门学科都要统考。统考就意味着每个学校成绩要排名、每个班级要分高低、每个同学之间也要一比高下。

　　"不好过的不仅仅是我们,估计老师们的日子也好不到哪去!""他们好像约好了,都想把课间十分钟占为己有。""课间十分钟可以讲一道数学题、好几道英语选择题。""不仅我们想拿高分。""谁拿高分谁拿奖金,再傻的人也不会不想钱吧。"这是倪小样他们课间进厕所时的谈话内容,语气匆匆又匆匆。

　　又一次下课铃声响起,倪小样霍地站起来就奔向厕所,身后留下一串惊讶的眼光。

这是班主任的课,任老师正在讲解一道奥数题,望着倪小样的举动皱一下眉,继续讲解。奥数题讲完,离下节课上课时间只有一两分钟,倪小样上完厕所呆站在门外,任老师没让他进教室。

办公室谈话:"为什么无视课堂纪律?"

倪小样先是以沉默拒绝回答,任老师把音量提高后,他忍不住回应:"我爸让我这么做的!"

倪小样的爸爸来到学校并没有太多地责骂儿子,只是跟老师讲了自己读小学时的丑事:老师拖课不让上厕所,他尿急实在憋不住,结果尿裤子让全班人嘲笑,最后导致他小学没毕业就辍学……

跟任老师闲聊之后,倪小样的爸爸让他的校长同学看见,被邀请去了校长室。

第二天广播操时间,校长在大会上再次强调:任何老师不许占用课间十分钟……最后,校长说:从下一节课开始,只要下课铃响起来你们就可以离开教室,如果哪个老师批评你们就直接到校长室找我!

话一说完,操场上掌声雷动,屡禁不绝的拖堂从此消失。

罗阳书屋

罗阳书屋,位于南门社区文化礼堂二楼,不足五十平方米的空间摆放着大小不一的七个木质书柜、十多张长方形矮桌和长条凳子。每个书柜正上方贴着标明书籍类型的签子:和谐家庭、养生保健、少儿读物、法律法规、种植养殖等。

罗阳书屋原名南门书屋,名字的更改源于退休教师罗阳老师。

罗阳老师退休的时候,恰逢县文化部门号召各个社区建立"农家书屋",刚走下课堂闲得发慌的罗阳老师主动请缨,挑起建设社区书屋的担子。凭着自己年轻时做过木匠活的优势,罗阳老师准备亲自制作书柜、书桌等配套设施,他说这样可以为社区省点开销。

担子揽到身,罗阳老师来到杂货间找出多年不用的工具:斧子、刨子、凿子、锯子、尺子、墨斗……虽然近四十年的光阴过去了,工具一应俱全,仿佛它们冥冥之中先知先觉,在流光中静静等待着与罗阳老师团聚的那一刻。罗阳老师拿起每一件工具都说一声:你还在,真好!斧子刨子凿子们似乎又有了灵性,随着罗阳老师穿越到四十年前,"大名鼎鼎木工师傅"的光环明晃晃地照耀在身。

工具翻新、场地丈量、木材选用……罗阳老师巴不得把自己的每一分钟延长延长再延长,巴不得把自己的吃喝拉撒睡等问题全在社区文化礼堂解决,因为他巴不得早一天把个像模像样的"农家书屋"建出来。没有人监管没有人催促,罗阳老师"知名师傅"的本色分毫不差:当年十六岁,父亲早逝后的罗阳跟随叔叔学做木工,短短两年后就出师,五年不到已成为方圆百里内有名的木匠。这不仅仅因为他为人和善又下死力气干活,手艺也不错,而且他不计较工钱让人多欠一年半载。就在"罗阳师傅"的声名鹊起时,在村小学教书的表哥调往他乡任教,有一定文化功底的"罗阳师傅"成为村教师的不二人选,他权衡再三,决定"弃木从教",从此成为罗阳老师。

成为罗阳老师的罗阳师傅,在寒暑假空闲之际还是经常有人请做木工,虽然不常摸斧、刨、凿、锯尺,摆弄柜子、箱子、桌子、凳子等之类家常用具,还是依旧得心应手。这种教书做木工两不误的日子,一直延续到罗阳老师调往县城工作。全家搬去县城居住之前,罗阳老师在自己的睡房里给工具腾挪出一个独立空间,直到在县城南门社区买下自己的套房,又让工具及时搬迁进了城。虽是小小的杂货间,但也比老家的角落强,只要自己愿意,总能时不时地瞧上几眼。也是从这时开始,罗阳老师的心渐渐踏实起来,一心一意地远离了"罗阳师傅"的名号。

想起刚置新屋时,为"做"还是"买"书柜的事,罗阳老师总是耿耿于怀。妻子嫌弃他做的柜子样式跟不上时代,坚持买现成的。新书柜进家门当天,罗阳老师在杂货间黯然神伤,发誓这辈子一定要做个像样的书柜。"有梦想又愿意付诸行动的人总会进步!"这是罗阳老师成为省级名师后,同为教师的妻子时常对子女们说的话。

罗阳老师心想着要给社区书屋做出像样的书柜,却不想手艺早已生疏,不仅双手不听使唤,眼神也不再精准,做出第一个书柜,罗阳老师就自知无法继续,只好先做桌子,做好第一张桌子就明白手艺彻底废了,只好做了两张长凳。其他的柜子桌子只能让社区负责人照着尺寸去买,因为尺寸不刚好只买到五个书柜,罗阳老师勉为其难地再做了一个。七个柜子摆成一排,出自罗阳老师手下的柜子简直是误入天鹅群的丑小鸭。

羞愧难当的罗阳老师一病不起,临终前迟迟不肯闭眼,社区负责人翻出几张书屋照片让罗阳老师看后,他才上路:照片里的"南门书屋"码着整整齐齐的七个精美书柜。

南门社区农家书屋建成典礼上,社区负责人当众向罗老师的家人致歉:我拿网上搜索到的照片欺骗了罗老师,请你们原谅!接着有人提议把南门书屋改为罗阳书屋,典礼现场即刻响起雷鸣般的掌声。

红手白手

同学会上,"老油条"给大家出一个谜,只要猜出谜底的都能得奖,他说谜面就在他身上,谜底跟当年的校园故事有关。他还说,我敢肯定知道谜底的人不在少数,大家把谜底写到纸上署名后,交到老班长那里,让老班长再给我们上一堂班会课,顺便给大家颁奖。

说完这些,"老油条"转过身去,在口袋里摸索着,给左手戴上白手套、右手戴上红手套。只见他高举双手、转身面对讲台下十多年前的同窗,大家一片惊叫,接着笑成一团。女同学忍不住齐声喊了起来:红手白手!"老油条"故作惊讶:你们都知道哪!这不是要我破产的节奏吗?女同学再次异口同声地跟他抬杠:吁——

这时,当年的班花彭溪冲上讲台,轰下"老油条",抢过话筒说:女神们哪个不知道"红手白手"的请举手!教室里一片安静。彭溪又问:当初跟"老油条"一起编造鬼故事的男生都有谁!

彭溪拿着话筒走下讲台,让当年编造鬼故事的一一报上大名:三魁、包阳、罗阳……

"老班!"

当大家发现我高举的手之后大声惊叫起来,教室里又是一片混乱,五十二个年近不惑的中年人,似乎一下子回到菁菁年华。

我起身走上讲台,说:我犯的是包庇罪,不是始作俑者。大家都知道,"老油条"当年烟瘾重,就寝熄灯铃响过之后,他一定要抽一根烟才睡得着。学校管得严,吸烟被抓是要被开除的。于是,他跟几个铁哥们编造出"厕所鬼故事"吓唬女同学,好让自己到女厕旁的弄里抽烟不被发现。那个时候的学校公厕,完全不同于现在,那是一个长方形的大坑,两侧边沿按照人字形搭建木架子,在架子两侧安上座位,就成为男厕女厕。这就为故事的制造者提供了方便:半夜上厕所,茅坑里会有鬼手给人递手纸,有红手有白手,班花彭溪还曾经亲眼见过红手纸,被吓晕在厕所里。

"老油条"重新走上讲台,并招呼彭溪前去,让彭溪同我并排站好,他对着我俩深深鞠一躬说:对不起!

同学们的掌声起起落落,"老油条"说:这句"对不起"我欠了大家几十年。彭溪那次吓晕在厕所的红纸,是我用老师批改作业的红墨水染成的,那根弯曲成 W 状的铁丝是帮凶……事后如果没有老班长的包庇,我就被开除了,拿不到毕业证书,我恐怕没这么顺当就坐上老总这把椅子。

"老油条"邀请我给所有女同学发红包,每人一个,每一个红包上写着"迟到的歉意"几个字。

按照十多年前的老规矩,我请出各小组长帮忙。我则打开幻灯机,准备播放早已做好的 PPT:他们在校时的各种作业本、期末考试卷、班级活动照片,甚至是道歉书、检讨书、求爱信……最后播放的是全班同学的联名"请愿书",为了保住"老油条"继续在校读书,班长执笔写信给校长、全班同学签字保证他"下不为例"。

在学生们的句句尖叫声中,我听出了童真的可贵,我知道自己这辈子还得继续拿学生当财富,而不是混饭吃的工具。

团圆年

放寒假了,我来到爸妈打工的城市,终于一家团聚,甭说有多开心。虽然他们白天很忙,不能陪我玩,但那是短暂的别离,只要夜幕降临,全家就能在一起。晚饭后,爸妈经常牵着我的手逛大街、逛公园,虽然他们没钱给我买零食和玩具,只要看着街上琳琅满目的商品、绚丽多姿的霓虹灯,我就觉得自己的幸福已经赛过童话里的王子了。

明天是大年三十,爸爸说他整日整夜上班,老板给他翻倍的工钱。妈妈也加班,也是工钱翻倍,不过比爸爸早点回来,夜里十二点下班。虽然我不知道爸妈的"工钱翻倍"是多少,但我真心为他们高兴,因为他们说过只要挣够我上大学的钱就回老家,然后把"闯出去"的任务交给我,由我继续"做城里人"的接力棒,如果我完成不了,就交给我的儿子。

妈妈上班前,给我做好够吃两顿的饭菜,只要放煤气灶上热一下就可以吃。她昨天刚刚教会我开、关煤气灶,给饭菜加热,妈妈夸我聪明,一学就会。也就在昨天晚上我们一家人出去逛街,爸爸给我买了两本童话书,是我渴望很久的《一千零一夜》和《安徒生童话选》,那么厚的两本书才要十块钱,爸爸觉得很划算就一次性给我买下了。"够你看几天了!"爸爸把书塞到我怀里的

时候,幸福地看着我。当然,最幸福的还是我,还在大街上我就迫不及待地看了起来,爸妈一直说着:又没人抢你的,回家慢慢看!

回到那个小小的出租屋,妈妈要我把开、关煤气灶的动作操练几遍后,我们才开始洗刷睡觉。我和妈妈睡床上,爸爸打地铺。因为一个房间被隔成厨房、饭厅、卧室三个地方,就没有多余的空间,爸爸的"床铺"只能横在我们的床尾。

大年三十早上,我起床时爸爸已经上班了,妈妈叫醒我匆匆吃过早餐也出去了。关上房门之前,妈妈关切地说:你已经是二年级的小学生了,在家要好好照顾自己哦?千万别看起书来就忘记了吃饭,啊?我一听就高兴得要蹦起来,连忙说:不会的,妈妈再见,妈妈再见!

差点忘记昨天买的新书!

我一边吃早餐一边看书,不知道自己吃了多久,总之吃了半碗面条,就已经冰冷冰冷了。打开煤气,我把面条重新倒进锅里,耳边响起老师的话:浪费粮食是可耻的。不知过了多久,我闻到了焦味,锅里的面条已经变成黑黄色的一团,锅底变成红色,我赶紧把锅端走浸到一个装满水的脸盆里,锅底的颜色立刻变了回来,我又把它放回煤气灶上,奇怪的是,我把锅一放回去,煤气就自动灭了。在手忙脚乱的过程中,我把自己身上的新衣服也弄脏了,于是干脆脱掉,把自己藏进暖暖的被窝里去,与书做伴。

我在美丽的童话故事里沉沉睡去,也不知睡了多久。爸爸妈妈已经下班了,他们还接来了爷爷奶奶,我感到前所未有的高兴,因为这就大团圆了。同时我感到一丝不安,出租屋这么小,爷爷奶奶能住得下吗?昏昏沉沉中,我还看到舅舅、外公外婆他们,大家都说要带我回老家,爸爸妈妈却哭着抗议,他们要留我在城里。

警察叔叔也来了!这时我彻底明白了,为解决我"留在城里"还是"回老家"的问题,爷爷奶奶、外公外婆、舅舅他们一个阵营,和爸爸妈妈成为对立阵营,肯定是他们闹出的不愉快惊动了警察叔叔。

一个警察叔叔在我身上翻来看去,跟另外一个拿笔的警察说:因煤气中毒身亡。他们要离开的时候对我爸妈说:你们可以带孩子回老家了。我一听就急了,想拦住他们:我不回老家,我要待在城里跟爸妈永远在一起,我们已经很多年没有这样团聚着过年了。

可惜我的力量太小,没能拦住警察叔叔,我的呼喊也没有一个人听得见。

理　由

母亲说:你给我一个能说服我的理由,我就不强求你回去。她以沉默作答。母亲就耍起了撒手锏:流泪。

流一阵子眼泪,母亲继续劝说:这个鸟不拉屎的地方,你一住就五年,再住下去连男朋友都找不到,你叫我怎么不担心?她依旧沉默。母亲擦了擦眼泪,起床给她做吃的。

今天周末,她没课,作为支教教师的她,每个周末都到学生家里家访。可是,一大早,母女俩还在被窝里就开始为"留"还是"走"发生争执,影响到彼此的心情了。她想调整一下情绪、缓和一下气氛再出发,毕竟母亲大老远来这山旮旯一趟不容易。

早餐桌上,母亲依旧说:我就你一个女儿,你要申请再待五

年,我也搬过来陪你!言语里有了斩钉截铁的意思。

这是她最不能接受的,也是一直揪心的事。母亲已年过半百,从小生活在大城市的她,早已让高血压高血糖等一堆疾病缠住,刚办理病退,怎么适应得了这里?怎样才能劝母亲放手,让自己继续留任支教?总不能食言,没等到接班志愿者来,自己就一走了之吧?况且她答应过丽娜再待五年。

丽娜是她到这个山区任教的第一届学生班长,由于家庭贫困上不起学,十六岁还在六年级,她带的班级里。身为家里老大的丽娜,在班级里俨然是副班主任,学生们都敬重她,家里的四个弟弟妹妹都由她带着来上学,最小的才四岁。

怕母亲留在宿舍里孤单,她提议母亲跟她一起去丽娜家走走,母亲欣然接受。

走了半个多小时,依稀看见远处山坡上几座房子。她指着其中一座房子对母亲说,刚来时,学校估计她不会留下来,没有及时给她腾挪房间,就临时安排她住在那,丽娜家。

把远处看过后,她又指指路旁那棵大树告诉母亲,来的第二天经过大树底下,突然从树上挂下来一条吐着信子的大蛇,虽然看见蛇尾巴被绑在枝丫上,自己还是吓得大声尖叫起来。几乎与此同时,她的身后蹿出一个人,丽娜家老二,十三岁的男子汉,朝着树身大骂起来:你瞎眼了吗?这是我们新来的大学生老师!

随着骂声落地,大蛇倏地被拉了回去,一个猴子般灵敏的身影消失在树林里。

丽娜的弟弟说,因为不放心老师一人走路,学校派人轮流悄悄护送……丽娜的弟弟还说,刚才那人是个二愣子,经常欺负陌生人,以前好几个新来的大学生老师都被吓跑了……他一边替二愣子道歉,一边解释:目前老师只能住我们家,因为好几个木匠家长已经动手给您做木床、木家具……

母亲听着她的讲述,就像听电影里的故事,一直以为那些故事是无聊作家们瞎编乱造的,没想到女儿的亲身经历却印证着它们的真实性,她的内心开始五味杂陈。

到了丽娜家,母亲问哪个是丽娜?四个少年脸露悲戚,集体沉默不语。

回校的路上,她告诉母亲,丽娜为了她,在一次蛇伤中中毒身亡。

她在一次周末家访中,差点被一条毒蛇咬,一同前往的丽娜眼疾手快地推开老师,自己却被蛇咬了。

她告诉母亲,丽娜天性开朗乐观,她唯一的担心就是"老师待满五年,没人来接班了怎么办?最小的妹妹就没老师教……"所以她曾好几次在心里答应丽娜,肯定等到志愿者来接替任务才离开。她甚至对自己许过诺,一定等到丽娜的妹妹毕业才回城。

家访后,母亲又待了三天,从未提及要她回城的事。

心　债

打开手机微信,大学同学群炸开了锅:胡子帅没了。

胡子帅姓胡,满脸络腮胡,自称天下第一帅,因此得外号胡子帅。

一个风华正茂、前途无量的不惑男,好端端的怎么突然间就没了?群里问最多的就是这个问题。可惜没人知道答案。我们

班三十多号人，就像蒲公英的种子散落在全国各地，彼此之间相隔甚远，平时除了微信联系，并不常走动，但是每次有人去省城，离省城最近的胡子帅都会赶到同学下榻的宾馆，然后吆喝就近的同学前往聚聚。在一次次短暂的聚会中，大家陆陆续续了解到胡子帅的情况：结婚生子了，老婆不是原来在学校里追得死去活来的那个。平步青云了，现在是处级领导。人胖了也忙了，吃一顿饭通常有大半时间在接电话吩咐这事那事。

大家请好假约好时间，赶在胡子帅火化前见他最后一面。

到胡子帅家，让大伙吃惊不小：胡子帅生前明明说过自己老婆并非大学里死缠烂打得来的女子，可是站在大家跟前眼圈红红、悲声切切的分明就是他的大学校园情人小倩！第一眼见到，我就失声喊出来：小倩！女人轻声更正，我叫海平，小倩是我家胡子的初恋。

大家集体哑巴，在心里佩服的同时，不由谈起胡子帅在大学里的那些糗事。

来自农村的胡子帅，每月生活捉襟见肘，但他死爱面子，穿得很光鲜。为了得到校花小倩垂青，还要时常买礼物赠送、请看电影、请吃夜宵……开销严重透支时，他就干起偷鸡摸狗的事，从同寝室同学的口袋里、箱子里、背包里不时地拿钱，有时几十元，有时也拿一百元。大家心知肚明地生气，但是面上不好发作。那次胡子帅拿了我整整一百元大钞，我想去学校揭发他，那样的话他就得卷铺盖走人，永远别想再踏进这所大学之门，想想同是农家子弟，我的恻隐之心陡生，便没告发。

海平告诉我们，胡子帅得的是脑溢血，临终前一直在嘀咕"对不起兄弟"，其余的再没有一句完整话了。海平还说，胡子帅除了老家一拨兄弟，就剩下大学寝室里的七个兄弟了，他生前常念及大学同寝室的人,说欠各位的债不知道要怎么还才行。说完话,海平拿出一个精美的小本子,这是胡子帅随身带的。本子里只写了七个页面,每一页一个人的名字,每个名字后面是电话号码,电话号码后面是一个个带加号的数字,像小学生做的数学题,比如第一页是我,后边写的是:5元+20元+100元+50元+10元。第二页是寝室里的二哥……看完本子里的内容,我们面面相觑,心情更加悲痛起来。这个笨蛋胡子帅,竟然把自己每一次顺手牵羊得来的钱一一记录在案,过去十几年的事竟然还如此清晰地记着!

  海平把本子翻到最后一页,还是寝室里七个人的名字,每个名字后面都是500元,每个名字的后面都有六个500元。海平说,他这本子我偷看过好多次,每磨坏一本他就换一本新的,前边七页的内容都没变过,后面的每年变化,每到过年名字后面就多一个500元。我问海平他们家房贷什么时候付清,她说六年前。就在看本子、读数字、听海平述说的同时,我想起最近六年来的一件怪事:每逢春节就无缘无故多了五百元话费,开始以为是老婆充的,老婆说不是,我就一直猜测是哪个自己帮过忙的朋友的谢礼。同寝室几位哥们的怪遇与我一样,就是没想到胡子帅会用这么一种方式"还债"。

  告别遗体时,我们建议海平把小本子送给我们,当着胡子帅面烧毁,我们齐声叮嘱:无债一身轻,好好上路吧兄弟。

温馨提示

一大早打开车门,进驾驶室就发现方向盘上贴着一张纸条:"温心提示:下次请把车门锁好!"看着扭扭歪歪的字体,我就知道书写者要么匆匆下笔,要么是个半文盲。

我在车里仔细地查看一番,什么也没丢,只发现后座上有碎方便面。我立马断定两个事实:一是昨晚车门没锁好,二是有人在车里吃方便面。由于赶时间外出,我没来得及多想,夜里跟妻子说起这事,她大惊失色,并即刻要到楼下查看车门是否关上。她说:昨天早起外出,在打开车门坐进驾驶室拿起水杯要喝水时,一只手突然从后座伸过来,说:我也要……当时,妻几乎被吓得魂飞魄散,那时天刚蒙蒙亮。由于昨天回家迟了,见我已经睡下,妻没有跟我提及那事。

我们下楼来,没用遥控和车钥匙,妻伸手轻轻一拉,车门就开了,果不出所料,车门锁失灵了。因为这个点上的汽车维修店早已关门,我和妻只好拿走车上有用的东西,随它再当一回公共场所吧。

回到房间,我和妻细细盘点最近放在车里的东西,发现车门锁坏掉的时间还真不短!不仅少了儿子看的图书、玩具,还丢了无数次不知数目的零钱,那是我们随手放车上,准备用作次日吃早餐。每次丢钱,我以为妻拿的,妻以为是我拿的,所以根本不知道有第三只手的存在。

我立马下楼,决定今晚揪出毛贼。

躲在暗处守到下半夜,才见一个瘦小的身影出现。只见他左顾右盼,迟迟疑疑地往我家小车靠拢,犹豫着拽了一下车门把手,小心翼翼把头往车里探了探,确定车里没人后转身向不远处招招手。另一个更瘦小的身子快速地闪了过去,他们一起钻进车里,立即关了车门。

我一个箭步冲过去,拉开车门,一手拽住一个,将他们拎小鸡似的提出车外。两个孩子求饶:叔叔别打我们!钱不是我们拿的,都是那个傻瓜阿丽干的。我们在你车上才住了一夜,加今晚才两夜,阿丽已经住了一个多月。

身为已为人父的男人,我不会动手打孩子,但我没有松手放开,怕他们趁我不注意就溜走。我吓唬道:好好回答我的问题,我就不打你们。两个孩子鸡啄米粒似的点头说好。

我的第一个问题是:你们为什么不回家?他们说家在乡下,家长把他们全托在镇小读书,学校熄灯后他们翻墙去网吧,迟了不想回去,反正有地方睡。

我的第二个问题:你们怎么知道我的车天天可以让你们睡觉?他们异口同声说出那个全镇人都认识的智障女青年,阿丽。俩孩子说,阿丽每天在街上溜达,知道的事情可多了:谁家车库没上锁,谁家车门好打开,哪些网吧收未成年人,哪些网吧不收未成年人……她不想回家的时候,就睡人家的车里或者车库里。

最后我问:是你们给我的温馨提示吗?那个后到我车里的孩子,不好意思地低下了头。另外一个却不解地问:什么温馨提示?稍稍愣怔一下,他恍然大悟似的朝他的同伴求证:笨猪你真的写了?见同伴不作声,他厉声呵斥起来:笨猪!下次我们逃出来回不去的时候睡哪啊?

我见状立即把骂人的家伙拎了起来,说:马上回学校去!两个孩子苦苦哀求:如果这样回去会让学校开除,然后会让爸爸揍死。

我只好把他们带回家,并告诉他们:接下来一定彻查镇上所有网吧,不让一个未成年人进入!他们看到我衣架上的警服后,立即向我举报了镇上都有哪些网吧收留未成年人,不仅有小学生,还有初中生和高中生。

次日上班前,我穿上警服、戴上警帽,护送俩孩子回学校,还给他们的家长发去短信,聊聊孩子的教育方法,一并发去我的温馨提示:打孩子是犯法的。

欠你一幅画

年关将近,囊中羞涩的三魁向老板提出申请,预支两千元工资。老板想都没想,回答道:公司没有这个先例。眼看三魁不死心地愣在一旁,老板又意味深长地说:如果公司三百多号人,大家都要预支工资,那我的年还真不好过。

三魁讪讪地走出老板办公室,正碰上老乡一路小跑着进去。他是办公室主任,三魁进公司还多亏了他的关照。老乡来不及停下,转头喊一声:今天不加班你也没画画?三魁正想回头作答,老乡跟老板的对话已经飘了过来:我那小老乡刚才找你了?他想预支点钱。三魁一溜烟逃回了集体宿舍,好像只有这样才能挽回刚才因预支不成而丢失的面子。

看着铺位后墙上自己的画作,三魁满心无奈。他早想上街叫卖,让艺术换点小钱,怎奈放不下脸面,难怪室友们说他"小鲜肉,脸皮薄"。正在琢磨着要不要趁今天休息,出去卖画换钱给父母带点年货,走廊上响起脚步声。三魁兴冲冲出宿舍,心想:这下总能拽个人同行了,有个伴能壮胆。

来人竟是老板!

失望之余,三魁朝老板讪笑一下,就抽身进门。老板却喊住他:听说你画得不错,我看看?曾听人说,老板是美术院校毕业,没当老板之前还办过画室。三魁一阵羞怯过后,欣喜之情涌上心头,大胆拿出了所有画作,一一展示在老板眼前。平时寡言少语的他,滔滔不绝地介绍起自己每一幅画的创作初衷。老板像个学生,认真地听着,最后拿着《春耕图》让三魁出个价。

三魁一惊,暗自感叹老板慧眼识珠的同时,面露难色。老板却开始滔滔不绝起来:这个插秧老农真像我老爸,这丘水田也像我老家的,小时候我不知多少次到那里挖野荸荠、捉泥鳅、拔秕草……你倒是开个价啊?

见三魁扭捏着,老板鼓励道:艺术是无价的,但是有些时候就该让它变为钱,如果连这个都不能做到,那么,我们还要艺术做什么?

三魁狠了狠心说:两千。因为这幅画,几乎占用了他整整三个月的周末以及其余所有轮休时间,画里人是他父亲,那水田边供养着庇佑他及家人的谷神稻母。他早在美术院校时,就想把家乡风物画出来带给父母,一方面表达父母的培育之恩,毕竟农家孩子学艺不容易;一方面可以让父母放心,让他们知道自己一直怀揣梦想。可是眼下自己缺钱……

老板立马打开钱包,掏出两千元现金给三魁,并立即给办公

室主任电话,让他托人装裱,过年时带回乡下老家,还说自己欠父母一幅画,现在终于还上了。

转眼就到了大年底,三魁带上给父母买的年货,在湍急的人流中赶回了家。一进家门,就看见自己的《春耕图》装裱一新,挂在厅堂大大的寿字头顶。三魁急忙问父母亲这是怎么一回事,父亲说:是你老板知道我今年六十岁,让办公室主任送来的。三魁立即掏出手机,想给办公室主任打个电话。只见老板发来一条信息:这画暂借给你,等你成名再还我或另画一幅新的给我。

三魁的心被温暖包裹着,整个寒假十五天时间,他没有一天忘记拿画笔。

其实,那天办公室主任拿到春耕图时,就知道老板和三魁各自的孝心相冲突了,他把三魁创作初衷讲过之后,老板当即做出决定,裱好送到三魁老家!并让人转告三魁的父母:你儿子很出色迟早要成大器,这画作为寿礼送给你,哪怕今后他成名画价暴涨,我也不会要回。

顺便说一下,这幅《春耕图》现在正挂在美国休斯敦,三魁家的客厅里。当初那位老板家的厅堂,挂着一幅三魁新作《稻花香》,老板坚持自己掏钱买的。

护　溪

南门溪边一座木拱廊桥叫桂花桥,桂花桥弯弯的像一条蛇,这头挑着倪家庄北村,那头挑着倪家庄南村。追根问底,两头的倪家庄人同一个祖宗。但是,两拨人马经常闹别扭。连看守水库这样的小事也计较。北村人多南村人少,硬是要按村各轮一天。争执不下,时任村支书的南村人倪小样爸爸就拍板:就按村轮岗吧!哪家缺人手时我顶上!

今天,轮到倪小样家护溪。

倪小样的爸爸和一帮朋友闲聊,毫不避讳自己对大儿子倪大样的赞赏和对小儿子倪小样的失望。他说:大儿子的学习成绩在全年级名列前茅,小儿子的成绩年年倒数几位;大儿子不管参加什么比赛都能拿个奖,小儿子从幼儿园到现在没得过任何奖励。最后,倪小样的爸爸总结一句:不管哪方面,大儿子都比小儿子优秀。

倪小样一听很不以为然,说:这个社会是靠真本事吃饭的,又不是靠死读书!他爸恨铁不成钢地指着桥下成群的鲤鱼:你有真本事从溪里抓到鱼,去市场卖个好价钱给大家看看?倪小样不屑地乜斜一下在座的大人:你们等着!离开不到五分钟,倪小样又回到桥上,嘴里嚼着口香糖。倪大样得意扬扬地朝弟弟喊:去抓鱼啊。倪小样不紧不慢,把一包口香糖嚼成团又摊成饼状,再从口袋拿出几个小东西,往糖饼里一塞一裹,只见他朝桥下水里奋力一扔,一群鱼争先恐后抢夺起来。没过几秒钟,"啪"一声巨响,一条大鲤鱼翻白了肚皮浮上水面。

倪小样得意扬扬,指着鱼说,我的本事怎么样?服吗?见哥哥和大人们铁青了脸色,倪小样知道事情不妙,小声嘟囔道:那些鱼自己该死,地雷炮它也敢吃,嘴里骂着"贪吃鬼",一溜烟跑回了家。

当天晚餐,奶奶端出喷香的一盘鱼肉,倪小样哥俩吃得满嘴惬意,直夸奶奶好手艺。爸爸没好气地说:一千元买的一条鱼还

会有不香的道理吗？奶奶一听，惊呆了半晌，哥哥悄悄把倪小样炸鱼、爸爸被罚款的事告诉了奶奶。老人家一听，既心疼又乐：主意还真不错，下次想吃鱼可别这么漏本事，最好把真本事兑换兑换，用到考场上。

关门弟子

罗阳镇的人想配钥匙，都到南大街李家钥匙铺找李师傅。

李师傅配的钥匙从没有打不开门的，若碰巧让你遇见，李师傅会双倍赔钱让你另请高明。

虽然手工配钥匙这门手艺挣不了几块钱，因为李师傅的手艺名气在外，门庭就不会像别家钥匙铺那样冷清，甚至有人登门要做学徒，比如杜鹃阿姨。

李师傅断然拒绝。

听说李师傅年轻时曾经想招收一个女学徒，他开出的条件是：年龄在二十五岁以下，要心灵手巧，男孩一概不收。

那时的李师傅还是个将近而立的光棍汉。

谁愿意把闺女送去当学徒，谁就是认下他这个瘸子女婿了。外头这么传言的同时，都等着看热闹。

李师傅终究没收到女学徒，却娶了媳妇生了贵子。之后有人要来学徒，李师傅不是嫌弃人家手不够巧，就是嫌人家眼不够灵。

杜鹃阿姨是五十挂零的人了，还一脸虔诚，要拜李师傅为师。

李师傅多次断然拒绝。

不管李师傅答不答应，杜鹃阿姨天天来李师傅的铺子，每天几个小时，就那么站着、看着。

开始，李师傅不给她脸色，后来实在想赶她走，就拿孬脸色冷落她。杜鹃阿姨装聋作哑，依旧仔细观察李师傅配制钥匙的一举一动，哪怕是李师傅按打钥匙胚胎机器的开关，她也不放过——眼珠随着李师傅的右手往桌子底下一落，然后又随着李师傅的左手在钥匙胚胎上来回收缩。

十天半月过去了，眼看又一个月过去了，杜鹃阿姨还是天天上李师傅的铺子。

李师母看不下去了，请杜娟阿姨到后院。

你的年纪和我差不多吧？别学这吃力不讨好的活，再说眼力也不够用，何况又挣不了几个钱。

李师母把丈夫当年为什么不娶那么多追求他的健全姑娘，反而娶了她这个眼灵手巧出了名，但腿脚不灵便的做妻子的原因——他想把妻子打造成全县乃至全国一流的配钥匙师。李师傅曾说：我是男人，男人的心思不如女子缜密，手也不如女子灵巧，咱们配钥匙世家能否出一流配钥匙师的希望就落在你肩上了。

杜鹃阿姨先是沉默，接着叹息：我为外孙女学艺。

听了杜鹃阿姨的学艺初衷，李师母央求丈夫收她外孙女。

杜鹃阿姨的外孙女梅子，今年十四岁，因为双腿残疾走起路来像鸭子展翅欲飞，加上青春期的来临，任凭杜鹃阿姨怎么鼓励，她就是不肯出门见人。

女儿女婿车祸身亡后，梅子的未来就成了杜娟阿姨的一块心病。

把杜娟阿姨含泪说完的家事转述给丈夫后，李师母的心情还

是异常纠结——那个不肯出屋见人的少女分明就是年少的自己啊！早知有这么一天，自己就该好好跟丈夫把手艺学精——好给梅子当师傅！

　　李师母分明又看见当年丈夫和十四岁儿子怄气的场景：儿子在校顽皮，李师傅坚决让他辍学在家跟自己学手艺，儿子做事拖拉磨蹭。父子俩天天吵架，弄得家里天天硝烟弥漫。儿子离家出走那天，李师母发誓不再配钥匙。

　　和杜娟阿姨面谈的第二天，李师母就摇着轮椅外出。几天后，李师傅收了梅子做弟子。

　　也不知过了多久，罗阳镇的人就看见南大街上时常出现两张轮椅并行着往李家钥匙铺前进，轮椅上分别坐着一老一少，有说有笑。

最后的看客

　　上班时间一到，秦老师像往常那样准时开门。接着，他擦抹桌凳门窗，给各排书打扫灰尘，然后烧一壶开水泡两杯茶。秦老师把已经排列整齐的桌子又重新排列一番，好像这样做了，看客就能多起来似的。

　　哪怕像前几年那样人满为患，让我天天忙得团团转也行。秦老师在心里这样对自己说着，就给那个固定的位置端上一杯茶。杯子里的茶叶像针，根根精神抖擞地站立着，在缥缥缈缈的水汽里，秦老师看见了那个后生沉思的脸，那么专注，那么执着。

秦老师像在洞房夜端详新媳妇般地端详过那张脸,惊喜爬满了心房。前几年秦老师几乎每天能见到这样的脸这样的神色,那时图书馆天天满座,一张张神情专注的脸前摆放着一摞摞复习资料,鸦雀无声的寂静里,秦老师的心却装着满当当的踏实。后来,也不知道是什么时候开始,图书馆里的人越来越少,秦老师的心也跟着空下去空下去,像他脸上的肌肉,再也饱满不起来。

终于,只剩下一个看客,就是眼前这个年轻人。

秦老师看看手机,又看看墙上的挂钟,快九点了,怎么还没来?该不是病了?秦老师无来由地为年轻人担忧起来。只要外边有轻微的脚步声,他就兴奋地把头探出窗口。

秦老师关了门,准备去年轻人家里一趟。

不远,十多分钟路程。

敲开年轻人家的门,秦老师不好意思地搓搓手,不知道该说什么。

年轻人问:秦老师有什么事?

没什么?只是想看看你在不在家。秦老师为自己撒了个谎,但也不知道为什么要撒谎。

秦老师转身往回走时,年轻人似乎想起什么似的,朝秦老师的后背喊道:秦老师,今后你别再为我开门了,昨天下午我借钱买了电脑。再不用麻烦你天天为我开门了,图书馆里的资料电脑里都能找到。

秦老师哦哦着离开。一路上,他边摇头边自语:不是说好让我开一个月的门的吗,怎么能变卦呢?几万册书还抵不上那么个小方匣子?

没有了看客,秦老师就下班了。回到家还是一副闷闷不乐的样子,老伴问他是否病了,他摇摇头,又点点头。

问清老伴不快乐的缘由后,老太太给在中学里教书的儿子打了个电话。

之后,图书馆又有了看客,每天一个,几天后换新面孔。

直到有一天,老伴病重在身,秦老师既要照顾图书馆又要陪老伴,忙得难以招架。儿子劝说他别这样折腾自己,秦老师不听,反倒骂儿子翅膀硬了连祖宗也可以不要。儿子辩解,他就骂道:难道那些书不像读书人的祖宗,没有书哪有你的今天?儿子哑口无言后,不得不说出真相:那些最后的看客都是他娘俩花钱请的"托儿"。

秦老师顿时泪流满面,指着床上的病人骂:你个臭老太婆,那些书都叫你亵渎了!

偷字背后

一位初三女生在超市里偷东西被当场捉住,老板不知道该把她交给班主任还是叫来家长或者干脆扭送派出所。送派出所是最具杀伤力的,交给班主任次之,叫来家长是最隐蔽的解决方案,可以瞒过除了家人之外的其他人。超市老板采用了最隐蔽的方式为女生遮羞,我赞成这一举措,深为老板的宽容之心叫好,毕竟初三学生尚未成年,在她偷窃的行为背后不一定就隐藏什么恶意。

生长在乡村的人大多有过这样的经历:偷吃别人家的树头果子。同事阿庄说,让他刻骨铭心的是八岁那年偷板栗。那是仲秋时节正值板栗成熟挂果枝头,有的板栗裂开刺蓑,果粒随时都想离开枝头的样子真叫人犯馋,只要秋风哗哗地一吹,小伙伴们几乎就听见了板栗果子落地的声音,板栗林里到处都是诱惑,但是板栗树是大众的,小伙伴们想解馋就只能偷偷地去板栗林,到地上找。但是那样也是不允许的,被捉住就得罚款。

一天午后,阿庄随着邻家的小伙伴到板栗林里,正巧被护林员发现,比他大的都跑了,他在逃跑中被番薯藤钩倒,让护林人抓住了。当天晚上,阿庄的父母交了罚款,村里用这钱放了场电影。坐在银幕前,年少的阿庄忘记了害怕,心中只有电影带来的乐趣,阿庄说:"那可是偷来的乐趣啊!不过,毕竟要挨父母的一顿打骂,今后不敢再去偷吃板栗了。"阿庄这样说的时候激起了我们心中诸多类似的经历,这个说我偷过上厝阿婆的杨梅,那个说我偷过人家地里的萝卜,还有偷吃其他瓜果豆蔬的。但无非就是解个馋,宛如那位女生,偷超市里的几块塑料板,也许只是偷个好奇心,父母及时制止并用心教育就是了。

同事们对偷字的谈论让我想起了另一件事。

我任教的那个班是全校唯一的重点班,学生们的目标是考上县重点高中甚至市重点高中。按说,学生在平时考试是不会作弊,可事实上他们只要一有机会就左顾右盼,交头接耳,想方设法地让自己试卷上的分数多一点。我曾经问一个学生"为什么要偷看",学生给我的答复是:"老师,有时候偷看来一两分会为自己增强自信心的!"我听后不禁哑然,原来偷看还有"偷自信心"一说!当下我批评学生强词夺理,过后仔细想想也有一定的道理:多偷看几分他的成绩排名就往前挨一点,名次越靠前学习的动力就越大呀!

看来偷字背后目的不一,只要无碍大是大非的,在处理时就该宽容对待。

见证善良

那天我有点心神不宁，骑着摩托车在大街上也是心慌慌的，不知不觉间把油门加大了，感觉到耳边有风在呼啦啦地张扬、呼啸，就是没想到要减速。车过人民路教育局门口的小石桥时，见一老人正在路中央，我连续地鸣响喇叭，老人慌张着、忽左忽右地想退让，我慌忙地踩住刹车，但为时已晚，老人还是被我的摩托车撞上了。我停了车，老人龇牙咧嘴地呻吟，并用惊恐的眼神望了我一眼，就一拐一拐地朝路边走去。老人坐在小石桥上，撸起裤管看伤口，我赶忙走了过去。老人的膝关节上方青了一大片，膝盖有块地方紫黑紫黑的。我知道自己闯祸了，小心翼翼地问：大叔，我带你上医院吧？按照常理，一般人在这种情况下是不会拒绝上医院做检查的，但是老人毫不犹豫地拒绝了：不要！我很是惊讶又有点窃喜，心想：不去医院也好，上医院起码要拍片或者做CT什么的，不知道要贵多少呢。

这时，四周已经围了好些人，我顾不得羞也顾不得多想，一心想带老人到某个药店查看一下，于是又诚恳地问道：大叔，我带你去药店看看吧？老人还是不容置疑地拒绝：不要！此外，没有半句多余的话，也没有一点怨恨的表情，只拿双手不停地在伤处抚摩着，嘴里不住地嘶嘶地吸着气。我一时不知所措，心里恨不得插翅逃离这个是非之地，理智告诉自己定要把事情处理妥当。

撞哪儿了？撞哪儿了？

突如其来的几声询问吓了我一大跳,心想:这下完蛋了,一定得挨骂甚至挨打。

几个年纪更大的老人查看了伤者的膝部后,问道:蛮痛了吧?老人回答:嗯,很痛。我再次对老人说带他去医院看看,他再次断然拒绝。其中一个老人说:没必要上医院,去药店看看。几个老人你一言我一语,一齐劝说老人别固执。受伤的老人不再有异议,顺从地跟着我去药店。这期间,有一对抱着孩子的夫妻从我身边经过,也停了脚步,男的对我说:没什么大不了的,莫怕莫怕!他一边说一边指着前方不远处:那里就有个大药店,你去给他买云南白药喷洒剂,喷喷擦擦很快就能好的……言语里是满满当当的关怀。我除了向他们投去感激的目光,还能拿什么答谢他们对一个陌生人的关心呢!

在去药店的路上,见老人一瘸一拐地行走不便的样子,我就势搀扶着他,老人竟然很羞涩地朝我笑了笑,说:你开得真快呀。"呀"字尾音拖得老长,真像是个老父亲责怪自家不懂事淘气的孩子。自始至终,老人就这么一句听起来像有点儿责怪的话,却没有半点恶意。

买了药水和贴的膏药,我带老人回到小桥头他卖鞋垫的小篮子边上,一群围观的老人都叫我赶紧回家,说是不要误了其他正事。

回到家里,我想起这件事,从头到尾,竟然没听见老人一句难听的话,甚至没听见一个难听的词语,真有点不可思议。跟朋友提起这事,人人都说我走运,遇上的是善良的主儿,我却觉得这个世界还是善良人多,我只是见证一回罢了。

孝子阿准老师

阿准老师是个孝子,他的孝顺是不被常人理解的那种。

星期六下午,阿准老师走四十里山路回家;星期天下午,阿准老师走四十里山路回校。阿准老师对娘的牵挂就在"回家"和"回校"的空当里。

星期六下午一到家,阿准老师就忙开了。他要上山砍柴,砍够娘一个星期用的柴火。他知道灌木类的柴火让娘用起来不方便,他上山专取瘦弱易燃的柴。漫山遍野的柴在阿准老师眼里都是娘的笑脸,他真想把漫山遍野的笑脸都带回家!

每个星期六晚上是阿准老师家唯一亮着灯的夜晚,人们以为阿准老师在用功呢。

其实不然。

那是个初秋的星期六夜晚,有人找阿准老师。来人离开阿准老师家没有及时关门,阿准老师家灯火摇曳直至半夜的谜底摆在村人眼前:他在砍柴。阿准老师把柴砍得细长细长的,然后一小把一小把地扎起来,整整齐齐地堆放在灶膛边。每把的长度一样、大小一样。枝枝相靠叶叶相挨,像一大摞手雷堆积的样子。

一个夜晚要扎一个星期的柴火啊,能不到半夜?

村人就羡慕阿准老师的瞎眼娘,养了个孝顺儿子。

星期天早上是阿准老师拖着跛腿挑水的时间。整整一个上午,他都在挑水。直到家里的水缸、水桶、脸盆都装满水,有时他还给家里两个最大的碗也装满水。知道阿准老师夜里为娘扎柴火的事之后，人们才对他这个唯一的外姓人说了贴心话：你让你娘吃的都是死水呢。阿准老师突然明白只有溪里流动的水才叫活水啊。他想让娘天天喝上活水。

阿准老师找村里的二愣子，叫他每天给娘送一担溪里的水，要早上七点钟之前的。每一担水给五分工钱。这可是天价，那时猪肉才四角钱一斤呢。自此，二愣子家人每周都能吃上些荤食，直到阿准老师的娘去世。

阿准老师的娘去世时，二愣子哭得比自家亲娘去世还要伤心，阿准老师却没有流泪。他找到隔壁的人说，我娘去世了你能不能帮我个忙，把她送到坟墓？我给你二十元工钱。隔壁人一听忙说，帮助下葬亲娘哪个人会要钱的？你说一声就是，谁都会帮！这是村里祖祖辈辈流传下来的规矩，只要哪家死了人，再忙的人家也要抽空去帮忙。

因为人人都说不要工钱，阿准老师就拒绝让人帮忙。他借来一把铁锹，用一扇草席裹了娘，就往山上背去。

开棺、入殓、封坟、分金等等一系列活计，阿准老师靠自己一双手弄好。

娘的坟墓在阿准老师去学校的路边，每个周末阿准老师都要回家，还是为了看娘。坐在娘的坟前，阿准老师都要和娘说说暖心话。

娘啊，你去那边我爹如果还打你，你就托梦给我，等以后我去收拾他。娘，你到那边别再被爹打傻打痴打瞎啊，他发火时你就出去躲一躲，千万不要再跟他犟。

阿准老师和娘说完话就点燃一支烟，插到娘的坟墓上。

娘你慢慢地吸，别呛着，爹看见了你就告诉他是我给你买的，他就不会再扇你耳光。如果他还是恶习不改,我明天就去你们那边教训他。

阿准老师为娘守孝三年后托媒人给自己说亲,他告诉媒人:现在"娶了媳妇忘了娘"也不要紧,娘有爹陪着。

阿准老师说"不孝有三无后为大"。他是本家单传,不能不娶。可是谁家姑娘愿意嫁给一个五十出头,腿脚不方便的倔老头呢?

跟踪未遂

几天前的一个傍晚,天上下着细雨,几个朋友一起吃饭,因为都喝了点酒,饭后没立即回家,一批人在大街上晃悠起来。直到将近九点,才朝各自的温暖窝奔去,开小车的开小车,骑摩托的骑摩托,走路的走路。因为感觉酒气还未散尽,我继续逛了几圈。

正走着,突然听见有人在我身旁喊"小姐",声音低低的,带点怯懦意味。当时我一只手打着伞,另一只手忙着往老公手机里发信息。抬头发现两个陌生男子正望着我,其中一个人喊了声"小姐"。我一时没反应过来,怔在原地,往左右看了看后,才拿眼光接住那一声小心翼翼又听不出坏意的"小姐"。

俩男子停住了脚步,我收好手机,问:什么事?此刻,我心底里满是警惕。

不出所料,俩男子说自己是来小城投奔朋友的,不料因朋友去了邻县而扑了空。接下来他们接力赛似的叙述大家随便猜也能猜个八九不离十:他们俩没钱了,去不了朋友所在地,连吃饭的钱也没了。

还没听完他们的话,一股厌恶感就涌上我的心头,毕竟这样的骗人把戏听多了。说不清楚自己出于什么心理,我指着身后一家面店说:我请你们吃碗面吧?一男子立即表示:不是这样的,我们不是这个意思。我的反感更加强了一层,下定决心要请他们吃面,就要转身走进面店。

这时,另一个男子插话说,我们想路费。

我说:吃了面再说吧。他们就跟着坐在了店里。

我在吩咐老板煮面条的同时,用本地话和他们夫妇谈起那两位坐等在店堂里的青年男子。老板娘说,看他们每人背着个大包袱,像是来找工作的,一脸老实相,不像骗子啊?老板则说了一件让他至今耿耿于怀的受骗上当之事:好几年前,他在外地打工,遇见一个母亲抱着几个月大的孩子,向他述说自己投亲不遇,没了路费,没了吃的。出于好心,他立即给了她一百元钱。但是还没等他走远,那怀抱孩子的母亲又伸手向另外的人要钱了。他说,当时真想冲过去夺回那张百元大钞呢。

看了看端坐在店堂里的俩男子,老板说:老实不老实表面是看不出来的,不过,给他们几十块钱你也穷不了不是?我立即释然,就是啊,万一他们真的需要帮助呢?

老板还没把面条出锅,我就给了俩男子五十元钱,并祝他们一路顺风到达目的地。他们接了钱,连声说谢,很快把钱塞往口袋。那动作那神情,在我看起来还有几分腼腆呢。我在心里跟自己说:哪怕他们是骗子,也还是初犯吧?

一溜烟出了面店,我松了一口气,那份莫名其妙的轻快感,真说不出原因,或许是因为帮助了该帮助的人。

走到原先和朋友们吃饭的地方,披了雨衣,骑上摩托车。就在回家的路上,我又看见那俩男子,他们要往哪里去?车站还是某个旅馆?或者行骗?

在好奇心的驱使下,我骑着车跟了过去。反正有雨衣掩盖,他们也不会认出我来。哪怕跟踪是卑鄙行经,为探明真相,卑鄙一回又何妨?

看见其中一个男子走进一家服装店,我立即有了某种预感:他们就是骗子,肯定又耍花招讨钱了。

等那男子走出店离开后,我把车靠了过去。脱下雨衣,也进了服装店。我问店主:刚才那男子来向你讨钱的吧?店主莫名其妙地瞪我一眼说:没有啊,他向我要了点自来水。这时我才突然记起,刚才那俩男子手上每人拿着一个空矿泉水瓶子。他们分明不是骗子!

我为自己的小人之心懊悔不已,出了店,四处张望,已经不见了那俩男子。我想当面向他们说声对不起,又骑车在街上转了好几圈,无奈夜幕深重,再也不见了他们的身影,只好在心底里向他们道歉了。

红内裤

记得穿上红内裤啊?

女友在耳边这样叮嘱的时候,我忍不住又亲了她一口,心想,这女人细致周到,今生就她了。等我过了这关,成为公司中层管理人员,马上让她的愿望实现:结婚。

今年是我的本命年,本命年穿红内裤是我们这里祖辈相传的习俗。娘交代我要穿一整年红内裤,我不信那个邪。

但是,今天例外。

为啥?参加"百选十"求职演说啊。一百名演说者,都是本公司上千名普通员工,经过两次选拔定夺下来的。

前两轮角逐,我的分数遥遥领先,只要不出现意外,成为公司领导级人物,几乎是囊中取物。

7号上场,8号准备!

演讲现场的主持人喊完这话,我又开始内急。这是顽症了,每到激动或者紧张的时刻我就想往WC奔去。尿感可不是好玩的东西!

7号在掌声中行礼鞠躬时,我又匆匆上了趟WC。我几乎是带着WC的气息走上演讲台的。

由于事前的苦练,我的开场白就赢得一阵不小的掌声。

我在台上声情并茂,不时还配以肢体语言。

台下的掌声一阵又一阵,如浪如潮,那可是我的强敌请的亲友团啊,连他们也给我鼓掌了,嘿嘿。

突然,我看见听众席最后面,一位铁哥们向我拼命地挥手,他的另一只手同时指向下身私处。

我立即明白,我的竞争强敌亲友团们热烈鼓掌的缘由。

我不敢低头查看我的"大前门",装作若无其事,但是我知道,我在激情热烈地演说的同时,它一定也没有闲着:不时地开合,如同我的双唇。我的红内裤成为"大前门"的舌头。

我想立即放弃演说,但是于心不甘。

一边思索着如何摆脱困境,一边紧紧并拢双腿,继续着演说。

度秒如年啊!

忽然,我想起了哪位名人的一句话:如果一个人因为工作而疏忽了生活中的小细节,只能说明这个人足够地重视这份工作。我立即把这话引用到演说中。我说完了名言,就说自己:刚才,我因为太重视这次演说而忽略了一个很重要的小细节,估计大伙已经看见了,请大家给我一个转身的机会,完善一下那个小细节再演说,好吗?我强敌的亲友团们吹起了响亮的口哨,我说了声"谢谢理解",然后,转过身去。

我没有去查看演说结果,直接回到了那个不足五十平方米的出租屋,朝女朋友发了一通该死的脾气:谁叫你一再叮嘱我穿红内裤,还说什么辟邪,这邪气都是红内裤带的!如果不穿红内裤,也许丑不至于丢得那样明显!

女朋友默默地收拾起我所有的红内裤,丢进了垃圾筒。

次日,女友去我公司查看演说结果回来后,一脸的难过。她还传达了公司领导给我低分的理由:我们吃的是公关饭,不能选拔不顾细节的人做领导。

就在我为演说丢脸难过的时候,另外一家公司的老总来电"挖我",他开出的月薪比原先公司的还高。

我问那老总:原因?

对方答:那天我在你的演说现场。

我立刻有被扒光了衣服般的尴尬。

对方又说:我们创意公司需要你这样脑子活络,反应特快的人才。

突然,我又有急奔 WC 的感觉。

新领导的爱好

新领导走马上任后,机关大院里人人猜测新领导的爱好,是田径类、球类等体育运动?还是抽烟、喝酒、喝茶、打牌、洗脚、泡桑拿等娱乐活动?

个别渴望和领导尽快套上近乎的人,特地赶往千里外的领导祖籍地,想挖出新领导的爱好来,结果是,除了一日三餐吃的白米饭,他好像没别的爱好。

于是,新领导的爱好成为一个谜团,谜团里裹着机关大院那些想阿谀奉承者的心。

人们就时常到新领导家里,探询有关新领导爱好的蛛丝马迹。渐渐地,人们知道了一些似乎称得上爱好又似乎算不得爱好的事,比如海边出生的新领导爱吃很便宜的咸鱼干下饭,再比如新领导爱吃家乡地里土生土长的时令蔬菜,新领导爱喝他老婆亲酿的米糠白烧,又麻又辣不说还伤肝伤脾。人们都说,这个领导,怪!

到人们彻底以为新领导没有特别爱好的时候,新领导成了老领导,到了退休的年龄。

交接班前的那些日子,这位曾经的新领导喊来自己的接班人,带他去一趟千里外的老家。

领导的老家有一座很不起眼的砖瓦房,三幢屋连建,左边是他哥的,右边是他弟的。领导直接把接班人领上顶层。走上领导家顶层时,接班人惊呆了,三幢连建的屋平台围墙高达十米,以帆

布为盖,简直是个大蒙古包。那里悬挂着沙袋,沙袋边挂一双拳击手套。围墙的左边有一个篮球架子,右边靠着一张台球桌子,前边靠墙的是张乒乓球桌。

好一个隐秘运动场!

接班人感叹完毕正想问"是不是你家儿子特别喜爱运动"时,领导就说话了:这些年来,我的爱好就圈在这方寸之地,虽然隐蔽得不见天日,但能避开一些眼睛,也躲开那些不该发生的事。领导还告诉接班人,他年轻时是个优秀的篮球队队员,短跑快、中长跑耐力好,曾经有考体校终身为国家体育事业做贡献的打算,他的儿子秉承他酷爱体育运动的天性,现在是省拳击队成员。

走出领导家之前,接班人被留下喝酒,就是领导老婆亲酿的那种米糠白烧。上酒时领导老婆说:这往后啊终于不用再给你酿酒了,为酿这酒,我成天要找人家的,麻烦透了,这下好了,你自由了,再也没必要喝这麻辣汤水啦!接班人端起酒杯抿一口,还没下肚,呛劲就弄皱了他的眉头。

领导见状忙朝夫人喊,你快过来吧,为谢你多年来的关照,我们俩用这最后的麻辣汤敬你一杯。喊过,领导对接班人说,以后我也不用天天吃咸鱼干下饭了,吃了那么多年的咸东西,真对不起我的肾啊,医生告诫我不能再吃咸东西。说完,领导下意识地拿手掌摩挲着腰部。接班人舒展开眉头,端起酒杯一仰脖子,喝了个底朝天,立即掐着脖子说,谢谢领导栽培!

送接班人出门时,领导歉意地说,过些天我会买瓶好酒来犒劳肚里那些休眠几十年的馋虫,到时你再来我家,咱不喝这酒也不吃咸鱼。

接班人回到岗位后,立即递送报告,要求调任他乡,理由是:此地人人皆知我有爱好。

优雅的黑蝴蝶

他第一次跟她谈离婚时,她半开玩笑半认真地说:你先给我找好下一家,我就答应离。其时,她在想:即使他在外边真有女人,还是能挽回的。因为她始终相信,男人就是顽皮的孩子,在外头玩累了玩腻了,自然就回头找娘。她也相信自己就是他家里的那个他需要的娘。

一年过去了,两年过去了……还不见男人回头。开始,他想从精神上打败她,给她发信息说自己怎么怎么对她没感情,怎么怎么对另外的她有感情,没用。接着,就想从金钱上诱惑她,数额从几万到几十万,一再加大,大到他力所不能及的数字时,她答应了。他从心底里鄙视她,装什么清高,不就是为了多拿钱吗?她从心底里期盼着,他拿不出那么多钱来,也许会回头。

僵持不久,他就凑足了钱,满满一大袋子,崭新的百元钞票,她一辈子也挣不到的数目。

他眼里带着鄙夷,手里提着钱袋,身边还站着个崭新的她,肚子已经微微隆起。

她不想看那肚子,但还是不经意间瞥见了,于是怨恨起自己不争气的肚皮来,结婚整整十年,怎么就没动静。

这是你要的!

男人把钱往她眼前一扔,熟悉的声音把她的思绪拉回到现实的境况里,她惊愕着伸手去接,地面突然伸出一只手似的,猛地把

钱袋子一拽。她的手使劲一沉,心也使劲一沉,想:难道地心也变贪了?她又想起那场关于人世间贪欲的辩论赛:贪财,贪色,贪权。

那时,她是地质大学的高才生,他也是。因为一次辩论赛站在同一个台上,他们分别作为正反方代表参赛,主题就是人性的贪欲。她是反方,主张人性本贪,他是正方,主张人性不贪。辩论到最后,每人发一参赛感言,他说的话博得众彩:哪怕人世间贪欲横流,地心也是不贪的,我们来自SS地质学院的每个人也是不贪的!

她就此记下了这个对手。

接了钱,她就得在离婚协议书上签字。

他说,明天民政局见。他说完转身就走。

她说,等一下。她提着钱往屋里走去。她出来时,手上依旧提着装钱的纸袋子,一股酒精味也跟随她出了大门。

他不知道她葫芦里卖的什么药,呆呆地看着。

只见她把袋子轻轻往地上一放,像放置易碎的瓷器,小心、虔诚。她边展开袋子边说:让我帮你复习一遍大学时的辩论赛主题吧。

说完,只见她轻轻将手里的打火机一按,啪的一声,一团火光随着一张扔进袋子的百元大钞升腾起来,他本能地想伸手去抢救,还没够着,就被欢快跳跃的火焰弹了回来。

火光中,几朵急性子的灰烬飘摇着升腾起来,像一只只黑蝴蝶在翩翩起舞。

看着一堆灰烬,她说:不是所有的东西都能用钱买的。她说完,起身,对他摆摆手说了再见,转身进屋。这时,他才注意到,她身上穿的黑色风衣正是她当年在辩论赛场上穿的那件。他当初就被她的优雅吸引,那时她是众人眼里"优雅的黑蝴蝶",是他心中的女神。

他惊疑的目光镶嵌在她婀娜的背影上,她的声音顺着他的目光,优雅地飘洒过来:明天上午,民政局,八点整。

想到自己好不容易筹到的上百万元人民币顷刻化为灰烬,他不禁气急败坏地骂道:浑蛋!

这时,进屋的女人手提个塑料袋再次出门,神色坦然地站到他面前:我知道你爱钱,我还知道焚烧人民币犯法,刚才烧的都是百元阴币……说完,左手上举,右手一抓塑料袋的底部,双手位置猛地一倒,整捆整捆的百元大钞迫不及待地滚落下来。

罗师傅的戒烟灵

罗师傅是出租车司机,天天早出晚归,出门手指夹根烟,进门嘴里叼根烟,风里来雨里去将近四十年,他的烟从没歇过一天。拿罗师傅的原话说,烟的作用大着呢,能解乏不说,还能当零食吃。有时"粮草"带不够,罗师傅对同行说:嘴里能淡出个鬼来,脑子就让鬼抓走了,不听使唤。就不想拉客。回家拿烟,老婆责怪,他说:手握方向盘都没劲,还挣个屁钱!

最近,罗师傅咳得厉害,医生建议戒烟,他说:不如叫我去死!一句话噎得医生朋友干瞪眼,无语,也无心再劝说。家人劝说无效,就开始动脑筋,老婆给他买了无数的戒烟灵,都没见效。女儿悄悄地想出个法子,给罗师傅所有烟的每根烟嘴,都沾上辣椒粉。

三天后,罗师傅才向老婆要烟,老婆喜滋滋地称赞女儿:你真是你爸的戒烟灵,他肯定被辣怕了,原来一天三包烟,现在一包烟抽三天。

为了证实罗师傅是否真的烟量大减,女儿特意坐了一回她爸的车。正如女儿所料,罗师傅自己买烟抽呢,根本没戒,他回家拿烟只是想知道家里的人知道他抽烟越来越少,他对女儿说:我的身体我一人操心就够,你们别跟着瞎操心。

一定要戒烟!看着罗师傅沉醉在烟雾缭绕里不可自拔,听着老爸一阵阵揪心的咳嗽,女儿在心里这样发誓。

女儿说:爸,你的身体不是你一个人的,是我们一大家子的,是我妈的,是你外孙的,是你孙子的,是你儿子的,是你女儿的……没等女儿说完,罗师傅就答应今后回家拿烟抽,前提是:不许再给烟上辣椒粉。

女儿答应,保证不上辣椒粉。

次日出车,罗师傅拿出家里的烟正要点火,发现烟身上有字:祝您健康!罗师傅心里一热,嘴上冒出句粗话:臭东西,跟我大老粗玩文的!

又抽出一支烟,卷烟纸上写着歪歪扭扭的字:开开想你!开开是十一岁的外孙,是女儿的心肝宝贝,也是罗师傅的开心果,只要他开心一笑,周遭的人都能被他的快乐感染。

再抽出一根,还是写着鸡爪划过淤泥般的字:老头子,少抽!字东倒西歪、笔画断断续续,不费劲看还真看不出写的是什么。罗师傅心头一暖:死老太婆,一辈子没读过书,也跟着瞎起哄!责怪完毕,眼前立即浮现出老太婆戴着老花镜,一笔一笔"画"字的情景。罗师傅鼻子一酸,又抽出根烟,还是细如蚊子腿般的字:爷爷不抽烟!署名:心心。心心是罗师傅九岁的孙女。

一根又一根烟,根根写着字,署着家人的名字,罗师傅舍不得抽,但是嘴巴淡得出奇,心里明明像打翻了五味瓶,却又觉乏味得不得了。他想回家,找人发一通脾气。

恰好是星期天,一进家门,四岁的孙女首先围拢过来,抱住罗师傅的大腿嚷嚷:明天我让老师教我写字,也给爷爷的烟写字,我要写爷爷不抽烟、爷爷不咳嗽、爷爷长命一百岁。

罗师傅的气也消得无影无踪,抱起小孙女,亲一口说:好哟好哟,小东西,你也是爷爷的戒烟灵!

握住你的手指

一只手轻轻从小佳的指尖掠过,她敏捷地一握就捉住了两根手指头,像捉住一条鱼儿,紧紧地拽在掌心里,幸福感和安全感随着麻醉药流向骨髓。昏迷中小佳听见丈夫对医生说:如果对生命不会造成威胁,请不要全部摘除子宫,让她做个完整女人。

一片宁静。

整个世界只剩下两根手指头,稳稳当当地躺在小佳的掌心里。金属器械与手术盘子轻轻撞击的声音里,小佳能嗅出血腥味,甚至能觉察到死亡的气息正缓缓地向她袭来。尽管如此,小佳还是能够确切地感受到自己的存在——躺在掌心里的两根手指头,就像游弋在心池里的小鱼儿,不时撞击着她生命的池塘。每过一两秒钟,两根手指就要挠一下她的手心。

那是丈夫的手,只有他才知道两根手指头也能顶天立地。

小佳这样判断着，就想起与丈夫平的第一次牵手。确切地说那还不能算作牵手，她只是轻轻捉住他的两根手指头而已。

那年将近高考，小佳的父亲从山上劳作回来，经过一座石拱平桥时，连人带板车摔到桥下溪石上。村人将父亲送进医院时，父亲已经气若游丝。在医生抢救父亲的几个小时里，班上好多同学都赶到急救室门外，搜肠刮肚找言辞安慰小佳。只有平一句话不说，把满脸泪水的小佳拉到医院的花坛，捏拳、撑开食指与中指成V字形，使劲地顶向天空说：别哭，你看天还没有塌下来！说完，又把食指与中指并拢递给小佳：握好，天塌了还有我！

小佳擦擦眼泪，乖巧地握着平的手指头回到急救室门外。一路上，两根手指就像两尾游鱼，不停地在小佳的掌心里挠着，似乎在说：不怕，有我。尽管父亲没有抢救过来，在平那两根手指头的鼓舞下，小佳安全度过了"黑色七月风暴"，考进一所大学。

不知过了多久，脚步声穿梭起来，麻醉师俯身轻轻地对小佳说：手术很成功，祝你早日康复。小佳掌心里的两根手指头随着麻醉师的话，像两尾游鱼游出了池塘。

霎时，一股暖流把小佳完全吞噬。她努力地睁开双眼，望向头顶方向，看见一身的洁白。白色帽子和白色口罩之间镶嵌着一个坚定的眼神，白色身影的前方还有那个小佳无比熟悉的V字形手势，只见它直愣愣地冲向天花板，仿佛那是一股强大的生命力量。接着，小佳看见丈夫高举着V字手势走了过来。顿时，三十多年前小佳放养心池里的那两尾游鱼，又恢复了青春气息。

与六合彩有关

林老板是个靠山吃山的幸运儿。几年来,在县政府"开挖山区资源,发展山区优势"的政策扶持下,他的"山友食品公司"源源不断地充实着他的腰包。不论是能强身健体、延年益寿的青刀豆,还是增食欲、减肥胖的特级鲜笋,在本地区乃至全省全国都有较好的销路。

随着经济的扶摇直上,林老板的腰杆挺拔了许多。腰杆挺拔了的林老板就有了不同常人的癖好:他跟着一批生意人进出县城的泡脚吧、桑拿中心,和小姐们共同修理他农民式的大脚、滋润他古铜般的肌肤。

林老板逛腻了泡脚吧、躺腻了桑拿床之后,玩起了六合彩,很快就结交了一帮彩民朋友。林老板玩六合彩玩出的理论,经常一套套地来。比如,林老板对他的彩民朋友说:"开彩开兆头,押彩押甜头;兆头不会日日有,甜头不能天天尝。否则都不灵验。"这让彩迷朋友对初入"彩道"的林老板赞颂不已,都说:不愧是老板,有远见!

一日,林老板家里来了条不眼熟的狗,一身黄毛已被污泥水打理过,东一搭西一搭地冻结着。小狗乖乖地站立着,像个顽皮的孩子,在稻田里干过烂泥战回来,准备挨批挨骂。

林老板带几分厌恶地把狗吆喝出门,转身往屋里走。狗像他的贴身保镖似的,立马跟进屋来。林老板再吆喝,狗就趴在他的

脚跟前,耍赖不走。它抬头拿双眼巴望着林老板,尾巴上扬着,不紧不慢地左右摇晃,狗嘴里轻声地哼哼唧唧着什么。林老板低头注视它时,真希望狗在情急之中能说一两句人话:告诉他为什么来?是不是与六合彩有关?

"莫非与六合彩有关?"这个念头在林老板脑子里一闪而过,是那种在夜幕上流星划过天际的闪亮:在天空一笔带过,留下一道长长的、亮闪闪的光。

林老板蹲下身,抱起狗,赶忙走向隔壁他的工作室。林老板的老婆见状跟在他的身后,怨言铺满一地。往日里脾气暴躁的林老板,这会儿显得平和,一言不发地坚守心中的信念——关键时刻,和气生财。

林老板像是怀抱玉器般小心,将狗轻轻地放到一杆秤上。狗体重恰好五斤。林老板再次把狗抱起,放在门外的泥石路上,毕恭毕敬对狗说了声谢谢。

当日,林老板下注的六合彩资金全在五岁的蛇上。

次日开奖,林老板净赚八千元人民币。

此后,林老板"见狗就比见他亲爹还亲热"——这话是林老板老婆的原话,也是林老板赌六合彩输掉几乎所有家产后他老婆的气话。不过林老板则不是这样说的:我让该死的狗狗害惨了,那么凑巧让我挣到钱,然后引诱我一步一步走向破产。

当然,村里明眼人都知道,林老板只是指桑骂槐罢了。

老弟掌勺

老弟其实是我一个同事，我们走在街道上曾经多次被人认作是同胞姐弟，之后我把他邀请到家里，娘说他和我的大弟真是非常相像，从此我们在单位就以姐弟相称了。有关他的趣事我知道得挺多，比如掌勺。

老弟从没上灶头掌过勺，直到走上工作岗位的那个国庆节。有三天的假期，单位食堂停火，他只得亲自摆弄柴米油盐，打发三天假期里的温饱问题。老弟说，第一次掌勺心里充满着新奇，所以脸上挂着笑容。他决定自己做早餐，就买了喜欢吃的粉条。着手刷锅，递柴火到灶膛，点燃柴火后，老弟就心花怒放起来，心情像火苗一样轻快地跳着舞。看着轻快舞动的火苗，老弟几乎闻到鼻尖上飘荡着粉条的美味了。

锅里的水痕向四周隐退，渐渐消失，锅越来越烫，老弟却被一个难住了，他自言自语道：我该先放盐还是先放油？在记忆深处搜索遍角角落落，都没找到平日娘烧菜时放油放盐的场景。望着微微变红的锅底，老弟不管三七二十一，采取了就近原则，从最近处的盐罐里抓了些盐，丢进锅去。"哟，盐巴竟然跳起霹雳舞来！"我们回到学校的第一时间听到老弟这样的述说，禁不住按着肚皮笑翻了天。我们问他：然后呢？他说：还能怎么样？我赶紧端着锅跑啦！跑到走廊尽头的水龙头那里，给锅里放水。老弟似乎心有余悸地说：水真是好东西！之后和老弟共事的很多年

里,我常听见同事拿"水真是好东西"来开他玩笑。

就是这么一只菜鸟"厨师",也被弟媳妇训得能烧一手拿手好菜,当然那是最近几年的事了。刚结婚那几年,老弟还是怕上灶,后来弟媳妇实在厌倦了锅碗瓢盆的"灶头生涯",就强烈要求家里实施家务分工制度。老弟无奈,只得重新上灶学习烧菜做饭。初上灶台的老弟,虽然不会再往热锅里先放盐,但还是笨手笨脚。有一回烧鱼,随着火力的加大,下锅的油劈劈啪啪地向外溅,老弟急忙往身后一退,左手提着锅盖,高高迎起遮住脸部,右手操着锅铲子往前伸着,随时准备出击,但又不知如何下手——这一形象简直就是冷兵器时代的战士。

老弟在前线实地演练,弟媳妇在背后适时点拨,如此多年以后,老弟自豪地向众人宣布:当年的菜鸟如今出师也!一帮老同事相遇,便嚷着要到他家察看真假。只见老弟沉稳老练地操持锅碗瓢盆,我们就打心底里信服了,等到他端上热气腾腾的饭菜,我们品尝过后我喊了声"预备——",众人齐声道:水真是好东西!

竹　缘

父亲被送进敬老院的时候,手里紧紧捏着一把竹牙签,任儿子怎么哄劝,就是不松手。儿子要走了,老人腾出那只捏牙签的手挥舞着喊,旺竹再见!

其实,儿子的名字不叫旺竹,叫青竹,只是老人习惯了把他们兄弟俩混淆着叫,好几年前老人没痴呆时就这样。那时,老人是村里村外有名的篾匠,哪家需要箩筐、席簟、畚箕等用具,都喊一声:老林头,我备好竹子了。拿上篾刀等器械,老人就到那人家,开始劈竹、削篾、刮皮、煮条等一系列程序。活计做完,饭菜饱肚的同时,老人说一声,年底再收工钱,就带上工具回家。

凭一技之长,老人把子女们送出农门,个个成了端铁饭碗的公家人。该说,是到老人颐养天年的好时日了,他却变得痴傻了。

进敬老院的老人还是一副乐呵呵的模样,天天朝院后的竹林跑,有时抱住一根竹子,抚摸上半天,有时手挽着一根竹子,旺竹、青竹、翠竹、秀竹地乱喊一气。由于爱竹、对竹子有感恩之情,老人给自己四个子女取名都带了竹字,翠竹、秀竹是老人的女儿。除了竹子,没见痴傻后的老人对其他东西那么感兴趣。

如果日子就这样滑翔过去,老人也许就在敬老院里寿终正寝了,但是命运却爱跟人开玩笑,老人不得不回儿子家里住了,因为敬老院被查封,停办了。

回到大儿子旺竹家,老人除了对竹牙签感兴趣,还对一把竹椅有了特殊的感情,每天抱上椅子端详一番,神情专注得像专家在鉴宝。今天说这椅子坐垫上的篾条不该用篾黄要用篾青,明天又说这椅子选材不对,很快就要长蛀虫。不久后的一天,旺竹家的竹椅子真长了蛀虫,就扔了。

没了竹椅子,老人的话明显少了,也不见了往日神采奕奕的样子,他好像把所有注意力归在了竹牙签上,吃饭时左手牢牢地抓着一把竹牙签,睡觉时也不例外。有一次,旺竹在半夜里听见老人叽里咕噜地说个不停,就悄悄地推开老人的房门。只见他半蹲在床头,往席梦思靠背上一根一根地插着竹牙签。不一会儿,整个靠背上插满了竹牙签。老人把脸贴在靠背左边往右看了看说,哟,俺家旺竹、青竹在竹林里跑!老人又把脸贴在靠背右边往

左看了看说,哟,俺家翠竹秀竹在竹林里闹!接着,老人在床上蹦跳起来,拍掌欢呼道:俺家竹林好茂盛,好茂盛……直把全家人都闹醒,他还沉迷在"竹林"带来的兴奋里,不停地蹦跳。

经过老人这样一折腾,次日旺竹夫妻就喊来兄弟姐妹几个人一同商量,解决老人的去向问题,最后大家一致赞成把老人送到邻县敬老院。那里的后院没有竹林,有一个大苗圃,里面是一个体户培植的经济幼林,听说它们长成后卖的钱,可以在县城买几十套房子。

老人到敬老院的当天下午,就往后山跑,边跑边对院里其他老人喊:带你们去我家竹林去不?见没人愿意跟着,他径自朝后山跑去。翻过铁丝围栏,老人寻来个扁平锋利的石片,朝苗圃里的小苗们砍去,嘴里喊着:编竹席哟!砍倒竹子编竹席哟!

幸亏被人及时发现,否则真不知道苗圃里的小苗要遭多少罪!敬老院把老人退回给老人家属时这样说。

在毫无办法可想的情况下,老人的子女只好把老人送回老家,出钱找人照顾。当子女们把老人送进村时,老人以百米冲刺的速度跑向后山的自家竹林,把竹林里的竹子一根根抱过去,流着泪一根根亲吻着,喊:宝贝,我回来了,宝贝,我回来了!

子女们突然想到母亲的曾用名,山竹。母亲怀孕后,父亲叫母亲出让姓名里的"竹"字,说是好让子女们再续用竹字为名。母亲不解,他只说,竹是我们篾匠世家的恩人,从太爷爷的太爷爷那代就开始靠竹谋生了。

先　生

我们这一带,男人不穿裙子,穿裙子的男人只有一种:先生。

先生是一种从事捉妖降魔的职业。这职业在新中国成立前曾经很红火,但是,自从人们有了田地,它就显得很卑微,卑微得让人不屑记住先生的名字。

在农村人眼里,先生还不如农民值得人尊敬。理由是先生靠妖魔鬼怪生活,而农民靠不欺不瞒的天地与田地生活。

也有例外的,比如山库。

山库做先生时有点地位的,至少人们记得他的名字,称他山库先生。

山库先生被人请到哪里,那家里一定有病人。山库要在那户人家设关、摆阵、驱邪除妖,这种场面被人称作"打王"。大概是擒贼先擒王,除妖也得先"打王"吧。

山库"打王"都穿着红裙子,戴着红帽子,敲敲打打、唱唱跳跳、叫叫喊喊,往往要一整夜。

山库先生的腰好细啊!人们叫他糯米腰。

山库先生的步子真轻盈啊!人们说他天生"捉妖打王"的料。

山库先生的歌声实在洪亮啊!人们说难怪妖魔鬼怪听到了都躲藏起来或者逃离病人的身体。

尽管山库先生有一百一万个好,也不会有姑娘愿意嫁给他。

除了寡妇桂花。

桂花对人说过这样的话：我不信做先生的人家里有什么阴气，阴气其实在人们自己心里。

山库先生喜欢桂花说的话，然后就喜欢上了她这个人。

桂花说喜欢山库的职业，男人能穿上裙子那是做男人的福分。

山库先生就更喜欢桂花了。山库先生娶妻的原则就是要对方喜欢他的职业。

山库先生"打王"也是有原则的：一是必须病人亲口指定叫他，二是病人必须配合医生吃药治疗。否则八抬大轿也抬不动他。

母亲病了，山库先生叫她上医院看病，母亲坚决不从。

山库先生把母亲强行送进医院，每当医生给她挂瓶，她就拔下针头扔了，还生儿子的气。母亲狠狠地说，你要是想我早点死，就让我住在医院里！

那就出院吧。

山库先生含泪答应母亲，给她设坛。

在坛上，先生要口口声声痛骂病人，妖魔鬼怪才觉得自己寄居的躯体不好，最后选择离开，病人才能康复。

山库先生骂不出口，母亲就在坛后教他骂：你爹一巴掌打死了你哥哥，你就骂你爹不是人。

山库就骂一句：她是个坏婆娘啊！

母亲说：我怕桂花克夫就不让你娶她为妻，我是个绝情婆婆。

山库又骂一句：她是个绝情的婆婆啊！

……

山库先生每骂一句，心里都似刀割样。他骂了娘整整一夜。

山库先生的叫骂声,让那些拿棍子帮忙驱魔的人都听得红肿了眼睛。

娘还是在吹吹打打的收坛声里咽了气。咽气前她交代山库拿上她枕头底下的存折,取钱娶妻,别再做先生。山库先生点头应下了。

从此,先生这一职业在我们这一带村落渐渐走向没落,人们都说山库带走了这个行业的精髓。

三柱的家书

三柱是村里的能人,识得几个字。正因为他识字,被一个工程队招收了去,到远方修筑水库,听说完工后,能拿到不少钱,让村里的人很羡慕。

村里人拿羡慕的眼光送走三柱快半年了,也未见他给家里写过一封书信,三柱老婆不免到婆婆面前发发牢骚,说三柱娶我的时候不是说识字的吗,怎么也成了没一个字寄回来?娘说,俺儿子没骗你,准是忙嘛,到时候捎一封信,还有满满一袋子钱乐坏你!说完,婆媳俩又为三柱能识字自豪起来。

说好"秋后出门开春回"的三柱,不仅开春没回来,第二年将近立秋时节,还没回来,也没任何书信。倒是传来个坏消息,说是三柱修建的水库崩塌,人员死伤无数,有很大一部分是修水库的民工。那时,不叫民工,能远走他乡的人,都是能人。村里人听说了水库崩塌的事后都说,能人还是不出门好,在家帮人记记工分

什么的,更安全踏实。三柱的家人一听到消息就哭开了,哭得一塌糊涂,就差没给三柱设灵堂祭奠亡灵了。

哭归哭,泪光中的三柱家人还是盼着好消息,传递好消息的唯一途径就是三柱的信,如果人还在,信总会来的吧?哪怕只言片语,也能安抚家人的心。

三柱的家人盼啊盼,终于从邮递员手中接到来自远方的信,是三柱的信没错,邮递员说,信来自那个水库崩塌的大地方。三柱的娘拆开一看,是一张三柱的旧照片。见到旧照片的三柱媳妇还是哇哇地哭,边哭还边骂,你个猪头三柱,你不是在大地方吗?怎么不照张新照片寄来,只拿张旧的来蒙人?她还是放心不下,村里人也没放下心,都在怀疑那个村里唯一识字的能人,旧照片是否是他亲自寄的。

好在第二封信来得快,封面的字迹和第一封信一样,端正秀气。内容和第一封信不一样,这回没有照片,但是有图画,村里人一看都一目了然,应该是三柱的亲笔信:三支方方正正的柱子往天空竖立着,柱脚四周一丛小草,柱子右边一个翘起的大拇指。这封书信三柱的娘看不太明白,问媳妇,谁画这画来蒙咱们呢?娘问完,便伤心地直抹眼泪。

这句话又把三柱媳妇的悲伤勾勒出来,呜呜地哭开来了。婆媳俩的心再次被悬到半空,找不到落脚点。

直到第三封书信寄来。

那时,三柱媳妇下地干活,三柱娘在家看孩子。接到信封时,三柱娘忙不迭地拆开来看,除了柱子和两个大拇指画像,中间还多了一个吐气的大舌头。三柱娘一看伸展着的大舌头就号哭起来,晕厥过去。她醒来的第一句话就说:别告诉我媳妇。

三柱媳妇便问娘,三柱娘就把信递了过去。见到信,三柱媳妇欢天喜地说,娘放心,三柱没事了。接着,她向婆婆解释那个冒气的大舌头,那是活的意思,三柱当初这样给活字释义,只要"舌头"还冒着"三点气",人就还"活"着。媳妇对娘说,三柱在信里说自己活得好好的。三柱媳妇还对娘说,两个大拇指加在一起就是很好很好的意思。

水库完工后,三柱一回到家,娘就责怪他:你怎么就不知道在信里写几个字呢?你小时候常吐舌头装死吓唬娘,娘都没让吓唬住,现在娘老了容易让你吓唬住了。

三柱说,我只认得几个字,从没写过字,也写不好字啊,出了那种事,只怕写的字你们不认识,反倒叫你们更受怕。

三柱媳妇再次责怪丈夫不写字回来时,又提出个疑问:怎么也不喊写信封的人代写上几个字报平安啊?三柱说,请人写一封信就花去好几天的工钱,哪里还敢叫人写信!三柱媳妇一个手指戳在三柱的额上:你识字不写字顶个屁用!

仇　家

秦东在电视里看到家乡地震的消息,心里轰隆隆如雷滚动,狂跳不止,不是因为担心老家那间破木房是否倒塌,而是想知道秦西家那座刚盖不久的高洋楼是不是崩塌,秦西家的人有没有伤亡。

秦西家的人死光了才好。秦东在心里狠狠地诅咒。

为了看看秦西家的惨状,秦东特意起个大早往老家赶去。他

对老婆小月喊:今天你一个人下地,我回老家看看。小月不屑地说:看什么看,想把秦西老婆搂到怀里?秦东不理会,嘴里哼着快乐的小调出了门。一路上秦东心里都在想:小西那个臭女人,就算跪下来求我,想回到我怀里我也不要呢,谁叫她亲了我又嫁给秦西那狗东西,真不要脸的东西。

进到村里,秦东惊呆了,村里的房屋基本倒塌了。秦东站在秦西家倒塌的房子前,大声地喊:秦西,你这该死的东西!

话一喊出口就一下飘进了山谷,剩一串长长的回音,几年来堆积在秦东心头的仇怨,也随着那串回音飘进了山谷,只剩下一些抹不去的回忆:和小西的第一次约会,和小西的第一个热吻,还有秦西的话:哥,对不起,小西当初看上的不是你,是我,因为我们兄弟太像了,她认错了才亲了你。

突然,秦东感觉地下好像有什么声响。他双膝着地,把耳朵贴到地面细细地听。没错,有声音!那声音时断时续若有若无,既像秦西在呼救又像小西在呼救。秦东的双手飞速地搬了起来,他一边搬一边不停地喊:别怕呀,我来了,我救你们来了,千万坚持住啊!喊声越来越大,成了呼喊,直到他喊干了喉咙,喊哑了声音也停不下来,好像他一停止呼喊,地下的声音就会消失。

不知道搬了几个小时,天色开始暗淡下来,秦东一直没看到秦西家任何人。他挖出了一个被砸扁的电视机,一只冰箱,一张席梦思,还有好多其他东西,就是不见人。他心想,哪怕把整座楼的砖块都弄走,也要见到仇家!

一想到仇家,秦东让自己的行为吓了一跳,赶紧起身,拍了拍双手,麻辣辣的,又拍去身上的尘土,他问自己:既然是仇家我干吗要解救他们呢?正想转身走掉,心里钻出一个声音:不管那么多了,灾难面前人人是朋友嘛,何况是同胞兄弟和自己的初恋情人！于是,秦东的双手又忙碌了起来。

天完全黑下来的时候,秦东点燃了一堆干柴,继续搬着砖块。隐隐约约听见有人喊,秦东朝远处兴奋地哎了一声,道:小月,你快来,他们都在地下,还有声音呢!

看见秦东带着血泡的双手,小月呜呜地哭了起来,一边哭一边不停地责怪:你傻不傻啊?这么拼命!秦东不以为然地说:别哭,别哭,快帮忙搬,我破这点皮不算什么,人家在地底下还不知道有多难受呢。

生活里的那点奔头

姨父赖在床上不起来,任凭姨妈怎么吆喝就是不动身。姨妈一急,声音异样地喊:好菜全被人抢购完了!喊完话眼泪像雨线扑簌簌地落下来。

姨父懒洋洋地穿衣、洗刷,慢腾腾地来到蔬菜批发早市。

以前,姨父可不这样。

以前,只要姨妈喊一声"哎",他就会匆匆忙忙地起身,不洗漱就边穿衣服边拎菜篮子往早市赶。有一回,姨妈在梦里喊了一声什么,姨父就慌忙地起身,睡意蒙眬中就要上路。

想起这些,姨妈就重重地叹气:哎!

那时的日子过得可带劲啦。姨父赶忙去菜市,姨妈急忙忙地煮早餐,然后打理家中其他事务:放出笼子里的鸡鸭鹅、给肉猪喂食、把羊羔牵出圈,等到天亮再给姨父送去吃的。姨父吃过早饭

就回家睡回笼觉。有时菜摊子的生意忙,姨父就和姨妈一起招呼顾客。

今天的白菜特新鲜,要点吗?

你昨天要的那菜,我早上抢到了一些,来点吗?

这些话,曾经是姨父的口头禅。有位老顾客开姨妈的玩笑,说姨父是个开关失控的播音器,不停地叫唤着,不知累。姨父呵呵地笑着说,我就是她菜摊子的播音机!现在的姨父坐在摊子上,姨妈说他是泥塑像。

三个月前,姨妈也是泥塑的,和姨父一样萎靡不振,菜摊子也鲜活不起来。那时,表弟刚刚打群架误杀了同村的小强,被公安追捕,姨妈姨父干什么都觉得没个奔头。

小强的家人来到姨妈家,看看颓废的姨妈姨父,没为难他们就走了。

天天起早贪黑累死累活地干,为什么?挣钱。挣钱做什么?为了孩子。孩子是个没良心的孽种我们还挣什么钱?

于是,姨妈和姨父一商量,把菜摊子转让出去了。夫妻俩天天待在家里,常常以泪洗面。

日子在颓废中过了好久,姨妈总觉得心里空落落的难受。亲戚朋友们都劝,日子还得过下去,儿子总有回来的一天呀。

于是,姨妈又接手一个菜摊子,可她心里还是难受。尤其是见到小强的父母,更是想把一切家当变卖,交给他们,也许能让他们减轻一点失子的痛。

姨妈曾经和姨父商量,把菜摊子送给小强父母,再把房子变卖,出去寻找儿子。小强父母说,只要你们在,儿子总会有回来的时候,我们已经没了生活的奔头,别再让你们跟我们一样。

终于,人们的话得到了验证,两鬓斑白的表弟回到家里。姨妈姨父都以为是在做梦。表弟喊一声爸,又喊一声妈,才把他们从遥远的梦境拉扯到现实中来。

那时,姨父已经老得走不动路,姨妈已经老年痴呆多年,但在见到儿子的那一刻,姨妈的脸突然生动起来。姨妈对姨父说,快点,快点,赶快去菜市场,一定要抢到新鲜蔬菜。她又转身对表弟说:明天,开张!

保温瓶的故事

房间里的设备很简约,一个柜子、一桌、一椅、一铺床、一台电视。罗阳并不常住,一周最多在这里过一两夜。

入冬,房里多了个保温瓶。这准是那个清洁工添置的,除了他没有任何人能进这个房间。他佝偻着背、仰着脸,目光像小孩望着大人手上的糖果样热切,说:罗阳,我不要月薪,让我进厂吧?

罗阳想起清洁工死皮赖脸地要这份工作,要这个房间钥匙的情景,心里就来气。每次在单位留宿,罗阳对清洁工的厌恶就转移到保温瓶上,有几次他差点伸手砸碎那个碍眼的保温瓶。次日清晨醒来,心潮又平了,心想:我容得下他拥有我房间的钥匙,还容不下一个保温瓶?

罗阳曾经听娘提起过,她来到清洁工家,只带了唯一的物品,一只保温瓶。娘说,那时潦倒呀,你爸几乎把所有的家当都拿去换酒喝,只剩下一只保温瓶。日子真是没法过。

几个月过去了,罗阳一直没去动过那个保温瓶,仿佛一触摸

到那瓶子就会碰撞出清洁工幽幽的眼神,那是让罗阳厌恶了几十年的眼神。再说罗阳很忙,没时间顾及瓶子里是否有开水,其实罗阳不屑顾及,他在心里断定瓶子里不可能有开水。每次留宿他都拿脸盆到公共浴室打水洗漱。水,时冷时热。单位的热水供应很准时地截止到十点半。这是罗阳的下属定的,他作为一把手也得服从。

妻子带儿子来了,儿子说这里的柜子好藏猫猫就赖着不回家。瓶子里有开水是儿子发现的。罗阳叫儿子到公共浴室洗漱,儿子说要用瓶子里的开水。

罗阳问,谁拎的开水?妻子说,刚才儿子口渴就去提保温瓶,差点没把开水倒身上。罗阳心里一热,从此关注起那个红红的塑料壳保温瓶,那是各类保温瓶中最便宜的一种。

之后,罗阳在单位留宿都去喝保温瓶的水,都是滚烫的开水。

一天,罗阳发现瓶子里的水是冷的,他纳闷了片刻,急忙赶到那个闲置的车库。果然,清洁工的老病又犯了。

罗阳叫了一声爹。清洁工愣怔了几秒钟,脸上因疼痛而凝聚的皱纹舒展开来,仿佛刚吃了最有效的镇痛药。

毕竟几十个年头没有人喊过他爹了。

罗阳十七岁时有个邻居同学告诉他:你爸生前和你后爸是好朋友,你娘跟了你后爸一年多以后你爸才病逝。

估计老爸是被气死的。

罗阳有了这个隐隐约约的推测就再没开口叫过清洁工,他真希望能回想起自己三岁时娘改嫁的情景。也许能找到些老爸被气死的蛛丝马迹。从十七岁那个夏天开始,罗阳时常在心里这样想。

罗阳对清洁工说:爹,你还是辞了工作到我们家去住吧,阿秀不会嫌弃你,刘岸也需要爷爷照顾啊!阿秀是罗阳的妻子,刘岸是罗阳的儿子,与清洁工不同姓氏,清洁工姓柳。

阿秀来接清洁工那天,他几步一回头依依不舍的样子,阿秀见状对清洁工开玩笑地说:阿爹,你回家照顾刘岸,我给你发工资啊,没必要留恋那个僧多粥少的地方。清洁工双眼一瞪,说:天底下哪个爷爷照顾自家孙子还要拿钱的?清洁工的双眉紧蹙着,嘴里不停地念叨:这么大一个厂子不多安排几个自家人哪成啊!

回到家,清洁工把攒下的五万元钱全交给阿秀,说:厂子刚起步需要用钱。罗阳不忍心要那笔钱。清洁工说:我就你这么一个儿子,你不用我的钱难道让我带进棺材?

厂子稍有成色时,清洁工的病情越来越重。同学的话又时常响在罗阳耳边:村里人说你可能是你后爸下的种。

罗阳觉得有必要挑去戳在心头多年的那枚"刺"。

罗阳的话音刚刚落地,清洁工一个耳光刮在自己的脸上,说:"我真不该一直把你当亲生!"说完,就永远闭了眼。

罗阳整理爹的遗物时,在衣柜里发现了一个旧式保温瓶,外面套着细碎竹条编制的网,瓶口附近的竹丝已经磨得非常光滑,瓶子里面有一张纸条,字迹依稀可辨。

柳哥:

  如果我走得比你早,留下这个你送我的嫁妆陪伴你。如果你走得比我早,我把这份嫁妆烧成灰跟你去。

你的初恋:槐花

槐花就是罗阳的娘。

俗 友

林美花是我最要好的朋友之一,我们这个圈子属她最胖,不到一米五五的身高,体重却有一百三十多斤。她乐得以此自称"准韩红"。的确,她有韩红般的歌喉,而且阳光,只要你跟她在一起,就算碰上天大的心事也会被她逗笑。但是你若在她面前哭得稀里哗啦,她就会比你哭得还伤心,仿佛受伤的是她而不是你,即使你哭完了她还继续哭。她哭完后总是说,你让我想起了这世界上所有的伤心事。

林美花是个俗气透顶的女人。

这话当然不是我说的,是我男朋友说的。他要我和林美花保持距离。他说受不了林美花粗声粗气的谈吐和不分场合大大咧咧的举止。最让他受不了的是林美花每次见到他都要对他身上的穿着从头到脚评论一番,甚至还要翻开他的衣领看看什么品牌。接着,林美花会对他的脸色和精神状态进行评价,然后建议他多喝水、多休息、少抽烟、少上网、少熬夜等。男友说,听这样的女人提建议就像自己是罪犯,在听改造命令,全身上下每一个细胞都紧张。

有些时候林美花说的话的确让人感到尴尬。比如她说,昨天洗澡没关好浴室门,儿子闯进来要拉小便,他看见赤身裸体的我竟然忘记自己要干什么,他问我怎么没有小鸡鸡,还问我以后会不会长出来……正在热恋中的我们的脸红到了脖根。我用手碰了林美花好几下,她都不知道闭嘴,继续绘声绘色。

从那以后,我和男朋友在一起的场合不再叫林美花。林美花照样三天两头往我家打电话,约我上街逛服装店或买菜,她教我如何让男朋友对我死心塌地。她甚至教我买结婚家具时要在发票上签自己的名字,并且要把发票存放好,以防将来万一某天闹离婚可以把家具搬回来。

我把林美花的话传给男朋友的时候,并从心底感激她拿我当亲妹妹看待,同时想让男朋友对我多几分敬畏,毕竟我有这么个"厉害"的姐妹,看你敢欺负我!但是我想错了,男朋友因此恨透了林美花。他恨他的,我照样和林美花贴心,因为我知道她待人真心,值得推心置腹地交往。

那天,我正和林美花在大街上闲逛,男友打来电话,说,今天倒霉透顶了,领导说因为单位资金短缺,上回出差的车旅费不给全部报销,他同上司顶撞了几句,上司竟然说一分都不给报销了。

林美花一听这事,马上来气,硬拉上我到男友单位。她让我站在门外,径自闯进领导办公室:凭什么不给小李子报销车旅费?领导很不屑地反问:你算哪根葱?林美花轻蔑地说,我不算哪根葱,我算草,不值钱的狗尾巴草,行了吧?你到底给不给小李子报销?领导生气地提高了音量,林美花也生气地提高音量。最后领导拍了桌子朝林美花吼叫,林美花也拍了桌子朝领导吼叫。

后来,也不知道林美花用了什么方法,就让领导乖乖地在报销单子上签了字,全部报销车旅费,一分不少。

我男友拿到钱的时候,林美花对我们说:野蛮领导就要用野蛮法子对待!下次他再敢欺负你老实人,我这辈子不喊他姐夫了,亏我还跟他说了你是我的妹妹。

林美花办好事走后,男友对着她的背影说:真羡慕你有这样

掏心掏肺的朋友。我却纳闷了：那领导怎么是她姐夫啊，怎么从没听她提起呢？

掌心上的病

最近，我的手掌心痒得不行。找了正规医院的医生，说不出个所以然来，我就找了几个民间郎中，也无济于事。奇痒难忍时，我恨不得一刀剁了手掌。有人说只要紧握拳头，命运就乖乖躺在自己掌心上，可我的掌心里只一个字：痒！

我骂了句脏话，又走进会场。开会是我的日常工作重点，开会期间也是掌心发病最严重的时间，尤其是上司讲话的时刻。上司的话很像无数条虫子，在我的掌心里穿梭，让我欲捉不能，越捉越痒。上司说"我们要誓与人民的健康共存亡"，话音落地，我的掌心奇痒无比，像千万条虫子在挠，挠得我心烦意乱。上司说"食品安全问题急待解决"，虫子就挠得我坐立不安。

终于有一天我的手，确切地说是我的掌心，不听使唤地朝我身旁的同行肩膀拍去。"啪"！声音极大。我的掌心奇痒就此刹住。随着那一声响亮的"啪"，上司的讲话停止下来，全场人的眼光齐刷刷地射向我。我出于本能，站起身。正想对演说中的上司和身边的同行说声对不起，掌心的奇痒拦截了我还没出口的话，上司以赞许的目光示意我坐下。

接下来的会议，人人不愿意和我挨着坐了。我的身子在掌心的牵引下逛起了会场，只要哪里响起呼噜声或其他开小差的现象,我的掌心就毫不留情地奔到那里。人人都知道我的掌心病得不轻,人人都怕我的"掌心行为"。上司称呼我的掌心"正义掌心",因为它维护的是正常的会场秩序,我们靠会议贯彻上头精神,靠会议传达近来市场的"风向"。

这样的日子持续了将近两个月,掌心的老毛病又犯了。

痒啊!

会场上,我一面使劲搓着掌心,一面耳听八方,注意着与会人员的动静。当上司说完"要不惜一切代价把好食品安全的关口"时,我的俩掌心不合时宜地凑到一块,发出亲密接触的声音,紧跟着会场响起来雷鸣般的掌声,掌心上的痒立即消失。

之后,每次领导提到食品安全、食品卫生等字样,我的俩掌心就要往一处挤,只要它们发出声音来,痒症立即消失。可惜,这样的好光景没持续多久。

有人建议我到国外医病,我想一试,我挠着掌心来到上司办公室,想辞去公司副总裁的职位。走进办公室,我首先给自己左右各一耳光,因为当初的信誓旦旦"誓与公司共存亡",也因为自己现在的毁约。

奇迹再次发生,我对自己扇耳光的时候,掌心的奇痒荡然无存。直到现在,我离开公司多年,还要不时地扇自己的耳光。有时当着熟人的面扇自己的耳光,有时当着陌生人的面扇自己的耳光。只要有人提起哪里有人食物中毒或者食品卫生事件,我的掌心就痒,就得扇自己的耳光来止痒。

我还听说,我们那行业的很多头头脑脑都患了这种病。如果你在哪里遇见因食品卫生、食品安全等问题扇自己耳光的人,他们一定是我曾经的同行了,请您替我问他们一声:你们已经停止生产那些有毒食品了吗?

都是嫦娥惹的祸

上午九点多,我一脚迈进院子,女儿噔噔地跑过来:爸爸昨天晚上你去哪啦?遥遥、妈妈与奶奶都想你。捧着女儿圆得像满月的脸蛋,我指着天空说:爸爸昨晚住在广寒宫,跟嫦娥姐姐聊天,聊着聊着就忘记回家了。

我脱下外套,把自己重重地放倒在床,想好好补一觉。女儿像只跟屁虫,拽着我不放。她仰着头、满脸羡慕地说:爸爸你好幸福哦!接着又追问起来:你跟嫦娥姐姐聊到我了吗?为不使小家伙失望,我说:姐姐说你又乖又听话。女儿继续追问:姐姐手上抱没抱小白兔?它吃不吃草?一连串的问题几乎呛着我。我敷衍着不停地说是。

这时,老妈问我:昨天夜里你上哪里去了?手机关了一整夜。我突然心血来潮地想逗老妈一乐,毕竟昨夜中秋我没在家,团圆节少一个人就少一份快乐。我说:昨天夜里我在值班室看见月亮那么圆,就决定去广寒宫过夜了。

老妈表情怪异地走到我身边,将手搭在我前额:没发烧啊,怎么说起胡话了。我正要继续逗她,飞来一只手提包,紧接着是啪啪声,我的手臂挨了重重的一顿捶打。老婆脸色阴沉地骂道:风流鬼,还好意思说呢!既然去她那里你还回来做什么?你去吧!别回来了!老婆一边推我一边骂着难听的话,不容我插嘴。

我有点莫名其妙,好好的一个玩笑竟然开成这样。睡意顿消,我干脆起身走出小院。老婆骂骂咧咧地跟着出了院子,叫我永远待在嫦娥那里得了。我骂了句"白痴"的同时,随着老婆指定的方向看去,立即蔫了。原来小街对面什么时候新开张了一家叫"广寒宫"的理发店!我立马冲过街去,站在店门口指着牌子骂起来。店里出来个小姐:你想找我们的嫦娥姐姐吗?她昨天夜里出去了,现在还没回来。

这时老婆脸上更是挂不住了,又狠狠掐了我一把:该死的,你把人家嫦娥小姐弄哪里去了?小姐发话说:他让我们老板带去过中秋呢。老婆的怒火好不容易熄了,我再也没兴趣开玩笑了。

回到家,我抓紧时间讲述了夜不归宿的真相:昨天夜里临时接到特殊命令,趁中秋团圆节搜捕一名称得上孝子的逃犯,因为逃犯是老婆娘家人的近亲,所以没让我往家里打电话。守了一夜,没见着犯人,我们一伙干警都宣称自己"夜宿广寒宫",白得了清闲。

听完我的话,老妈说:就晓得我儿子不是那号人!老婆说:都是街上那店开得叫人心慌!听说那个嫦娥小姐美得像个仙女,找她的男人很多很多。

闷了半晌的女儿连忙跑过来重新追问起来:爸爸,你真的见到嫦娥姐姐了吗?

老妈和老婆异口同声地回答:见到了!

红双唇

苗青青右手拎着个红色小坤包,嫩藕般的左手臂膀缠绕在一个男人臂上,袅袅娜娜地从"天上人间"KTV走出来。苗青青每挪几步就把脸仰起来,聚拢血红的双唇,像小鸡啄米粒般在男人的下巴或者脖子啄一两下,然后发出一串脆脆的笑声。

搂着苗青青的那个男人一边回应着苗青青,一边伸手招呼一辆脚踏三轮车。突然,蹿出个老头。老头嘴里不停地喊:"闺女闺女,我的好闺女——"老头似乎喝高了,步子有点摇摆。老头边喊边作势去拉苗青青的手,苗青青灵巧地一闪,猫到男人身后。老头扑了个空,跟跄着说:"你娘病得不行了,别再怄气快回家看看吧!"

苗青青小心翼翼地把头从男人的身后探出来,极其厌恶地喊:滚开,醉鬼!谁是你的闺女!男人疑惑地看一眼老头,又看一眼苗青青。这时,苗青青敏捷地跳上三轮车,男人见状紧跟了上去。老头三步并作两步蹿到三轮车跟前,一把捉住车把手喊:小麦苗,我的小麦苗啊,你不认爹没关系,可是你再不回家你娘就死不瞑目了!说着,他又向苗青青身边的男人求起情来:这是我家的小麦苗,她还不懂事,请先生行行好,请您高抬贵手放过她吧!

小麦苗正是苗青青在KTV的雅号,男人看了看一把鼻涕一把泪哭诉着的老头,顾自下车走了。

想着好端端的一桩"生意"被破坏,苗青青气不打一处来。

她高高扬起手想给老头一个耳光,听见一声声闺女的叫喊,就没下手。正想走掉又不甘,她回头责问道:死老头,你天天来捣乱,我到底哪里像你的闺女?

老头一听赶忙拿袖口擦了擦眼睛,再用手掌细细地擦了几遍嘴唇,双唇抿成女子涂抹口红状,用右手的食指郑重地指指自己紧闭的双唇,掷地有声地说:这!

说完,老头转身,摇摆在深深的夜色里。

苗青青看着老头的背影,还没回过神来又传来老头沙哑的歌声:囡囡(即闺女)你莫走歪嚙唷,爹爹我天天来……那曲谱分明是哪首流行歌曲改编而来,苗青青想了半晌才记起那歌名:纤夫的爱。

苗青青是新来"天上人间"KTV的小姐,当晚她向众姐妹说起几天来被老头误认作闺女的事,大家好一阵沉默,原来这里的小姐每人都有过类似的经历。老头还因为"乱认闺女"被揍过好几回,他的腿也被打折了,至今跛着,但是每次伤好他又来"认闺女"。KTV老板拿他没办法又担心这样影响生意,就出钱劝他别来,给一百两百他不要,就给一千两千,最后老板狠了狠心出价一万,老头还是不要。听当时在场的姐妹描述,老头看着一沓子钱的瞬间眼睛都直了,但是一两秒钟过后他的眼神又恢复到不屑,把脖子一梗吼道:你想拿钱换我闺女?不干!

苗青青得知事情缘由后的一天夜里,跟踪去了一趟老头的家。不久后苗青青就辞职不干了,姐妹们问起原因,她把自己那天在老头家门外听到的对话晒了出来。

问:今天捣乱了几桩肮脏交易?

答:"天上人间"一桩,"温情港湾"一桩,"世外桃源"一桩……

问:今天吃了几粒止痛片?

答:才挨了三四脚,都没踢到痛处,就没吃了。

问:以后还是别去了吧?

答:你忘记咱闺女的遗言啦?

之后,苗青青只听到老婆婆的唉声叹气。

原来,老头的闺女也是个小姐,几年前得了艾滋病死去。临死前,全身溃烂的她交代老头给她买一支口红,血红血红的那种。然后嘱咐一个闺中密友把她的双唇涂抹好让老头看,嘱咐道:以后见到这类人从 KTV 出来,就是你家闺女。爹要好好劝劝她们,别让她们走不归路。

苗青青还听说,老头的闺女临终前让她爹一遍又一遍地播放那首叫《纤夫的爱》的流行歌曲,那是她生前最爱的曲子。

第49棵是甜橘

夏小花18岁嫁给了贺丰。

贺丰一身西装革履,显得那么俊秀挺拔,那一脸王子般的忧郁,就像全天下的公主都是他情人。在贺丰一转身的那一刻,夏小花就把幸福许在了他的背影里。

夏小花用什么伎俩最终捕获贺丰的心,人们并不知道,但是人人都说贺丰的眼睛长到裤裆里去了。就凭夏小花塌如泥坑的鼻子、脸上密密麻麻的苍蝇屎、黑皮肤、粗手掌粗脚丫、低平的前胸、营养不良似的黄头发等,这叫村里所有钟情于贺丰的姑娘都难以释怀。直到夏小花把日子经营得红红火火,人们才渐渐淡忘了他们的不般配,把目光放到被夏小花捂得蒸蒸日上的日子上:他们竟然率先住上本地最高档的楼房,通过夏小花的努力,贺丰当上了村里砖瓦厂的厂长。

夏小花的价值在人们心里达成共识的同时,贺丰也渐渐成了村人口中的"臭东西"。原来,婚后还不到 10 年,夏小花心目中的王子就在外面有了"公主",而且此后公主人选不断更新。贺丰当上砖瓦厂厂长不久,他又把人家厂会计——一个黄花大闺女的肚子搞大,结果是让人家做了人流赔钱了事。

村人竞相疯传贺丰的风流韵事,奇怪的是,夏小花好像并不知情。从贺丰有了第一个公主开始,夏小花开始爱上种橘子。夏小花每次只种一棵橘树,种上了,她每天都要上山,或给橘树上点料,或给橘树喷点药、松松土什么的。再没事可做,夏小花也要在橘树边坐一坐,和橘子们说说话,哪怕刮风下雨,夏小花也去。有人看见夏小花跟橘树说话,便很好奇,橘树能听懂夏小花说的话?曾经有人躲在夏小花背后听。那天,夏小花正刨开一个土坑,放好树苗,再把土填平。填土时,夏小花说:"贺丰,我把娟娟埋了,你也在心里把她忘了吧,忘了吧!"

娟娟是贺丰刚好上的一个少妇,原来夏小花不但知道贺丰有情人,连名字都晓得。

夏小花的话就像咒语,没过多久,贺丰果然断绝了跟娟娟的来往,但是,贺丰总是很快又有别的女人。

贺丰不停地换女人,夏小花的橘林不断壮大。夏小花种出来的橘子,每一个都是酸的。

多年后,贺丰患上尿毒症,家里所有的积蓄都用光了,新楼房也卖了治病,病不见好,家徒四壁,只剩夏小花整天陪着他。夏小花悉心照料着贺丰,像照料她的那些橘树一样,饥饱冷暖,事事在

心。而贺丰先前的那些公主,一个也没有在贺丰的眼前出现过。有一天,贺丰搂着夏小花失声痛哭,小花啊小花,来生来世我一定好好待你。那年,夏小花又种下了一棵橘树。

几年后,夏小花最后种的那棵橘树结果了,奇迹般的橘子,竟然每一个都是甜果。

这是夏小花的第 49 棵橘树,可惜的是,当她背着橘子回家的时候,贺丰已经闭上了眼睛。夏小花哭得昏天黑地,金黄的甜橘撒了一地。

择校的理由

倪大样初中毕业了,中考成绩一揭晓,他再次成为各个高中争抢的香饽饽,有电话为证:倪大样父亲的电话这几天几乎被打爆了。

抢在最先的是全县最好的民办高中,负责教学的副校长在电话里承诺:如果到我们学校就读,不仅安排在最好的班级,一切学杂费全免,吃住也全免费,每年还有奖学金。接着是被誉为全县最高学府的县一中,是校长亲自打的电话,因为他跟倪大样的父亲是旧相识,他给出的条件是:学杂费等一律免去,只要承担伙食费,依照你儿子的成绩,每学期能够拿到学校发的奖学金至少上千元。

倪大样的父亲接听每一个电话的同时,拿出自己身为资深小商贩的所有智慧,还是无法当即权衡其中利弊,只能一律答复:我做不了主,要跟儿子商量,我尊重他的选择。所谓商量其实只是想劝说儿子选择条件最优惠、花钱最少的学校就读。

把各个学校的优惠条件一一罗列出来之后,倪大样象征性地看一眼,对父亲的解说词无动于衷,父亲就知道儿子心中早有打算,可是怎么问他就是不说出口。直到各个学校一而再再而三地催促要答复,他才说出自己的中意学校,竟然是条件最苛刻又名不经传的 A 校!

家人无语了,几个与倪大样父亲熟悉的学校领导仍不死心,打电话过来帮助分析其儿子择校的不理智。无奈倪大样一意孤行,绝不为所动。最后还是倪大样的奶奶得知了真正原因。

倪大样对奶奶说,选择 A 校是因为:该学校在提前招生考试时给考生提供上好的厕所纸。奶奶不解道:随便哪个学校奖金拿来都够得上买几箩筐甚至几车的厕所纸了。倪大样继续解释:A 学校是唯一一个考试没有监考老师的学校。

最后,倪大样说服父亲的理由是"考后感悟"。

每个学校为了招收到好学生,都会在中考前进行提前招生考试,从三月底到五月中旬这段时间里,倪大样忙得像个拥有千万粉丝的大 V,赶场似的跑遍了所有提前招考场,也都考到令组织学校和自己满意的成绩,被所有学校电话或书面通知"预录取"。倪大样却一直没有透露任何心迹,表明要去哪个学校就读,因为他清楚中考拿到理想成绩也同样重要。

每一次赴考回来,倪大样都在记事本写下自己的感悟,比如在民办高中考后他写道:不被信任,监考老师一遍又一遍地念叨"不许偷看,否则一概不予录取";在县一中的感悟较多:监考老师是凶神恶煞,好像我们都是冒牌尖子生,是专门来捣乱的小鬼,太小看我们了,这么不信任人!此外,倪大样的 A 校"考后感悟"

也颇多：从来没有如此被信任过，考场竟然没有监考老师，说是有摄像头监考，但是我们根本没看见哪怕一个摄像头。其实这种场合谁愿意偷看啊？大家都是真英雄，才敢来一拼！有点奇葩的是，每个厕所竟然有上好的卫生纸备着，也不担心我们随便抓取，怎么不担心我们浪费或者带回家去呢？哈哈我以小人之心度君子之腹了，敢于参加提前招生考试的都是品学兼优的，谁会那么做呢？这是一个讲诚信的学校，三十二个赞！（后边画着三十二个大拇指）

看过儿子的"考后感悟"，父亲支持倪大样的选择，他的理由是：讲诚信的学校定有发展前途，好好学习争取三年后为 A 校争光吧，让学校以你为荣吧！

教鞭往事

那是将近十年前的一个冬天，离期末考试不到一个月了，教育局突然下达通知：从三到六年级的语文、数学、英语、科学全部统考。所谓统考即指统一出卷、统一编派监考老师、统一改卷，外加考后给所有参考学校按全年段平均分高低进行排名。

统考指令并未印成红头文件送发到各校，教务处已经为此召集全体教师召开紧急会议。会后，任教语、数、英、科的教师再聚商量如何瓜分"闲课"——音、体、美、信息、书法、雕刻等一切不纳入统考范围的课程，每个老师都想为自己多争取一节额外课。学校领导不用开口说半句"加油""努力干"之类的话语，压力已经如铁帽一样罩在我们的头顶。人人都想拿全县第一,因为这个第一是多年来照耀在我们学校身上的荣光啊。在那段备战的日子里,大家都不敢懈怠,恨不能将每一节课无限延长下去,把每一个知识点讲细讲透,直到学生看见每一道题都能对答如流。看得出大家心里那个急啊,巴不得自己钻进学生脑子去替他们记忆、帮他们学习。

那天晚自习,我讲解完作业问学生:都会了吗?答:会了!随后,我看到学生们高举着手来证明自己的认真听讲,几乎是全班。这时,我发现坐在最后排的一个学生还是低着头、把双手放在抽屉里,不停地玩弄着什么。于是,我走到他身边查看。果然,他的作业本一片空白,只字未动。我把刚刚讲解的内容再次变作问题提问他,他是一问三不知,竟然走神得如此彻底!我拿起半筷子粗、筷子般长的教鞭,叫他拿出手掌来,他却把双手藏到身后,把大腿挪出桌底,仰头面对着我。带着点气愤还带着点着急,我将鞭子抽在了他的大腿上。就在我拿回鞭子的瞬间,该生把头一低,随即发出一串哭爹叫娘的声音来。我还没弄明白怎么回事,只见他双手捂住了左眼直喊疼。我猜想,一定是鞭子的末端碰触到了他的眼睛。顾不得多想,我立即丢下整个班级,拉上该生拼命朝着几十米开外的校医务室跑去。牵着学生狂奔的时候,我断定自己已经酿下惨祸。

到了医务室,学生的哭声停了,也能睁开眼睛。我查看了他的眼睛,发现眼角处有一米粒般大小的红色印痕,那红色印痕离眼球只差分毫!我一把抱住该生的头不停地说着:谢天谢地,你没事!此时,才发觉自己在如此寒冷的隆冬之夜竟出了一身的热汗。

在回教室的路上,该生一再表示今后上课会认真听讲。回到教室,我当即向全体学生宣布与教鞭决绝。其时,我心里还在想,哪怕有一天真正堕落到要用教鞭去维护教师尊严的地步,我也宁愿丢弃尊严而不再出手,因为惨剧有时就出自好心而不当的行为。

次日我走进课堂,学生发现我果然没带教鞭,就有很多人转向班长并悄声喊:拿出来吧!给老师呀!只见班长立即从抽屉里拿出一根报纸揉搓成的、有尺把长的鞭子,送到讲台上说:老师你不带鞭子,恐怕我们做不到自觉,你还是用这个吧,伤不到我们的筋骨,也能起到作用。看着满脸稚气的孩子们,一个个仰头张望着我和班长手上的纸教鞭,脸上分明写着强烈的求知欲望,眼里装的是满满当当的信任。我接下纸教鞭,把它高高悬挂在教室黑板右侧的一根钉子上,诚心诚意地在内心里向他们保证:从今往后,老师永远不再动用教鞭,不再体罚学生!

时隔多年,关于纸教鞭的往事依旧历历在目。送走那届学生后,我带回纸教鞭挂在自己家的书柜上,每当走进书房,它就幻化出一股鞭笞我前进的动力,叫我在教书育人的道路上走得堂堂正正,铿锵有力。

红雨鞋

又是一个雨天。

午饭后,苏小静来到空旷的操场,面向西方,默默地流泪。起初她打着伞,雨滴让伞遮挡住,淋不到她身上似乎全进了她心里,胸口快要决堤般,憋闷得慌。

老天,难道你也知道自己做错了,在哭着赎罪吗?她在心里向天责问。

雨越下越大,苏小静倍加伤感,看着豆大的雨滴源源不断砸落下来,她扔了伞跪地向西痛哭起来。苏小静跪地的同时,一把伞在她头顶撑开,身后的人没有任何言语,如伞般默默站立。

苏小静知道,那是她的同窗好友晓霞。去年地震纪念日,她也格外关注自己的一举一动,但从不开口说任何安慰的话。她曾对人说:痛到极点就无言。

走吧,好吗?

一声征询,让苏小静吃惊地停了哭泣。不是晓霞是班长!他手上提着一双红雨鞋,虽然样式老旧,色泽却很鲜艳。

班长递过雨鞋,示意苏小静换上。

苏小静正迟疑着,班长说话了:晓霞感冒了,叫我把雨鞋送过来给你。

苏小静不想拂了他的好意,接过雨鞋,还是没心思穿它。显然,她还沉浸在巨大的悲伤中。

班长又说:你这样晓霞也伤心,她妈妈跟你们家亲人几乎是同一天遇难的。

班长的话让苏小静一阵激灵。她想起自己被政府安置到这个东部发达地区的贵族学校整三年了,由一个初中生变成高中生,一直跟晓霞同在一个校园,与她同班整整两年了却不知道她也有着如此悲惨的遭遇,难怪地震纪念日她也万分忧伤,自己痛哭她也跟着抽泣,不过每次都是她先停止哭泣,擦干眼泪说要笑对每一天。

苏小静想起晓霞在去年地震纪念日对自己说的话:快快乐乐

地活着就对得起亲人,其实每个人的内心都有无法抹平的伤痛。

　　班长看看雨幕,又看看啜泣中的苏小静,说:我跟晓霞是同村的,那年你们四川大地震时我们这里下大暴雨,当天夜里晓霞家的房子被泥石流压垮,和你一样失去了双亲和兄弟姐妹,她也是政府安置到我们学校来的。

　　苏小静的巨大悲伤立即被一种无法言说的情愫代替了,她不由自主地换上红雨鞋。

　　班长看着红雨鞋说:这双红雨鞋是晓霞妈妈的唯一遗物,惨剧发生的前一天,也就是星期天下午,晓霞说雨鞋坏了没法穿,她妈妈给了她这双红雨鞋,听说还是她妈妈出嫁时买的。她妈年年都穿,就是穿不坏。停顿一下,班长感叹似的问:这雨鞋,超牢固吧?看着愣怔着的苏小静,他补充道:那时,晓霞在一个公办学校上学,离家很远,要住在学校周末才能回家。

　　苏小静的眼泪再次恣意汪洋起来,她恨不能马上见到晓霞,给她一个热烈的拥抱。

谁是混蛋

　　矮山的儿子从学校回来又带来一条新闻:昨天大可的老爸没去打赌,却打了大可他妈,因为大可他妈没给他爸钱,他爸翻箱倒柜,结果顺便将大可他妈也翻倒在地上,还踹了她几脚,差点踹断肋骨。

　　大可他爸真浑蛋!儿子狠狠地评价大可的老爸。

听儿子播报班级新闻的同时,矮山在心里暗想:妈的,够狠!也许人家真被惹急了?"急红了眼的男人出手比畜生还猛",矮山想起自家女人说过这话,瞟了瞟饭桌上的儿子。

见儿子怒气冲天恨不得两肋插刀的样子,矮山先是一怔,缓过神后又吼道:别人的家事你管个屁!

全班人都替大可着急,男同学还说要找机会帮大可治治他的浑蛋老爸呢。

儿子低头说出这话的时候,矮山又是一怔,语气软塌了不少:老子不许你插手!

儿子抬头望矮山一眼,嘟囔道:"我是大可的铁哥们",说完,一闪身进了自己房间。矮山把筷子往桌子上一拍,起身要教训儿子,猛地想起自己昨天已经把老婆揍回娘家,今天可不能再把儿子气跑,否则家里没人煮饭。

看着桌上那碗黄瓜汤,矮山似乎看到老婆的脸:蜡黄蜡黄,还皱巴巴的,像张橘皮,那张橘皮上还有一道难看的伤疤。

想起那伤疤,矮山的心里突然一悚。那是去年留下的。矮山拿了买猪崽的钱玩了一夜"牌九",眼见五百多元钱没了踪影,他拿上最后几元钱到小店打来半斤白酒,买一碟花生米享受了起来。喷着酒气回到家时,被老婆逮个正着,骂他败家货。趁着酒劲矮山骂开了:臭婆娘,你敢管老子花自己挣下的钱?!就给了老婆一顿醉拳,老婆被摔在地,从此,脸上多了一圆圆的道疤,像多长了一只眼睛。

接下来的几天,儿子天天带回新闻,不是大可他爸刮了他妈的脸,就是大可他爸又喝酒耍酒疯打醉拳。儿子还说,他的同学已经在寻找机会教训大可的爸爸。

矮山想:狗崽子,再过几个月就中考了,还来得及管别人的家

事,就不怕影响学习?这样下去准考不好!矮山又想起班主任老师的话:如果不出意外,你儿子一定能考上县重点中学,问题是在这关键的半年里,你得给他创造最佳的学习环境。

矮山耳边回旋着老师的话,脚步不由自主似的迈向儿子就读的学校,他决定跟班主任说说大可爸爸的事。

见了班主任,矮山完全没了在家里的横劲。套用一句他儿子的原话:点头哈腰的,简直像个孙子。

矮山说:老师,别让孩子们参与林大可的家事。

老师问:林大可?哪班的?

矮山说:你们班的哪,就是他爸常打他妈的那个孩子。

听了矮山的话,老师"林大可林大可"地念叨了好几遍,突然意味深长地说:我们班级只有一个孩子姓林,以前他爸因为赌博、喝酒常常打他妈,后来就不会了,你说是不是?

矮山被老师的话噎着了似的,伸长了脖子,眼睛瞪得贼大贼大,嘴巴却说不出话来。

回家的路上,矮山想起了姨夫给儿子取名时的话:养儿到"大"即"可",比如大官、大款、创大业都行,但"大可"二字太直白,不如将"大"与"可"合二为一,取单名"奇",希望他有朝一日创造奇迹,那么,代代贫穷的你们林家就有指望了。

回家路上,林矮山无论如何也想不到,儿子口口声声喊的浑蛋原来就是自己。突然,矮山不由自主地想做一条蚯蚓,往地底下钻去。

夫妻相

　　学生都很黏我,尤其是男生。他们总想随我出去散步,想对我说班级里谁和某某谈恋爱,谁的爸妈吵架闹离婚。个别男生偶尔站我身后以他的身高优势与我比试,借此找乐子。因为我不足一米七的个儿,更因为我从来不恼怒他们,也不在他们面前摆"臭老九"架子。

　　臭老九是我班男生的原话,他们管那些看不起差班学生的老师都叫臭老九。他们知道自己是差生,又不肯承认,就经常问我:老大,你说我们哪里比别班的人差,我们都是重点学生,对不?问完就向我要肯定答案。

　　其实,他们无所谓自己是差生,我也是真心不想下苦心管他们的学习,因为我刚从外校调过来,学校让我带这全学校最有名、学习成绩最烂到无药可救的班。学校给我的任务只有一个:管住他们混到毕业,不出事闹事即可。

　　英语课。

　　乱坐位置是他们不改的恶习,批评也没用。除非我真动怒,是真生气那种,否则他们总是"想坐哪儿就坐哪儿"。

　　椰子坐到了狸儿的边上,不同的组不同的桌子,但两桌紧挨着。

　　我开始大声讲课他们就开始耳语,我停止讲课他们也停下来,拿眼睛望着我。他们的眼睛是风向标,能测量暴风雨是否即

将来临。

如此停停歇歇,课堂上的师生关系倒也"融洽"。

我发现椰子的左手胳膊肘完全移到了狸儿桌面上,远看似乎他坐进了狸儿的怀里。我不想立即制止,是看出了椰子的脸上有着青春期里的某种欲望在蠢蠢欲动。

当椰子讲话声音大起来的时候,我大声喝道:"椰子你坐好点行吗?别坐人家怀里去!"

椰子快速移回胳膊肘。

好小子,居然还能显示出几分羞涩来!

海子说椰子这是第八次追女朋友了,情书写了不下百封还没追到一个,都是用情不专惹的祸。

椰子和狸儿都拿带羞的眼睛望我,我看着两张同样黑黑瘦瘦的申字脸。失言道,想成夫妻也得有夫妻相啊。这话别人没听见,坐在班级第一桌的纪律委员海子听见了,接我话说:他俩已经差不多了。

不知是指他们说得差不多是什么意思,我没敢问。毕竟我记着"课堂内师生、课堂外朋友"的相处原则。

海子起身向后看椰子和狸儿的"夫妻相",全班人以为他要履行纪律委员的职责了,顿时安静下来。

海子转头问我:老师,你觉得我和桃子有没有夫妻相?

全班哗然。

人人都知道海子喜欢桃子,而且他背地里对所有男生说:桃子是我的女朋友,谁也别想打她的主意。

全班人都知道桃子根本不理海子。

桃子坐在第一桌,所以海子就坐在了第一桌。其实海子是喜欢坐最后一排的,可以自由自在地小声聊天。

海子向班主任老师推荐自己当了纪律委员,他向班主任承诺:把班级纪律管好。其实他在给桃子承诺,桃子是班长。管班级纪律要先管好自己,海子要让桃子看看他怎样管好自己。

桃子在黑板上写下"中考倒计时86天"。海子心里就想,不到三个月了,再难的事我也要坚持下来。

海子坐第二组,桃子坐在第三组,中间隔着一个女生琴。

海子常讨好琴,叫琴和他换个位置坐坐。琴不肯,他就给琴买礼物,他送琴礼物的时候都送双份,还带着一句话:给一份桃子。琴就给一份桃子。

琴还是不和海子换位置。

海子就常捏琴的胳膊肉,也不敢用力捏,他怕琴生气永远不和他换位置。

我问海子:你那么喜欢桃子吗?

海子就举着双手用力摆动:不说这个,不说这个了!老师你快讲课快讲课吧!

随后海子起身转向同学大吼:你们再吵吵我给你好看!

海子吼的这话是随时可以拿出来用的,不仅因为他是纪律委员,而且因为班级实在太吵。

这是垃圾班呀,全年段八个班级,学习最差、行为最差的人到了这个班。

所以,海子喊这话就有足够的理由。

有时海子喊过这话了,后排还有几个人在争执什么,海子就拿上一根鞭子走出座位。

教室里立即就安静了,几乎是鸦雀无声。看来海子还真行,可我没见识过他怎样实施"给你好看"。

海子问"我们有夫妻相吗"这话时是和桃子坐同一桌的。

桃子一直趴在桌上不抬头。

海子俯在她耳边轻轻地叫她,又用双手晃她的头,桃子就是不抬头也不出声。最后海子说,你那么不愿意和我同桌我就换回去吧。

于是换回原位。

这时,桃子才抬起头看着我,一脸的静默。她的脸上根本不显示内心活动。

海子见桃子抬头,就笑了。

海子笑着看看我。见我注视着桃子,海子课后立即追随着我,问:老师,桃子的皮肤好吧?

我说,好。还有呢?

她眼睛漂亮不?

漂亮。还有呢?

她鼻子挺拔不?

挺拔。还有呢?

她嘴巴像樱桃不?

像樱桃。还有呢?

……

我一连问十多个"还有呢",海子就把桃子从头夸到了脚,像夸一件自己创作的艺术品。

突然,海子问我是否还没谈女朋友。

我说,这是你管的吗?

海子说,你可不能和我抢桃子。

我想起学生说我和桃子有夫妻相,想起学生说我让桃子当班长是看上她的漂亮。

那时,我狠下决心:管管这群坏小子!

讲故事比赛

班会课。

班主任黄老师说,这节课我们讲故事接龙比赛,一个纵列为一小组,全班分为八小组,以悄悄话形式传递故事内容。哪一组最先传递完故事,内容保持得最完整,得第一名。

黄老师把每小组第一位同学喊到教室外,他们是故事内容的首位知情者,他们听老师讲过故事后,满脸兴奋地走进教室,坐好。

老师一声"预备,开始!"每小组第一位同学的嘴巴飞速对准后桌同学的耳朵,故事接龙比赛开始了。

教室里似乎鸦雀无声,又似有万马奔腾,大家都急切等待着讲述故事。

很快就有一组人宣布完成,然后第二组、第三组……老师依次在黑板上写下四,六,一,八,二,三,五,七。

第七组的人最慢,个个垂头丧气。

老师喊每组最后那位同学上台讲故事,评委八位,由每组第一位同学组成。

各组的故事讲完后,评委们早就笑得难以自制,其他同学也笑得合不拢嘴,因为,同一个故事被演绎得五花八门。

只有老师不笑。

老师问:你们知道流言是怎么产生的吗?众人迷茫地摇头。

老师再问：你们知道同一个故事为什么会被传成八个天差地别的版本？众人恍然大悟！

这时，班上的叶子，满是感激地望着黄老师。老师也望着叶子，问：叶子你知道流言是怎么产生的吗？

叶子点点头说：流言就像悄悄话，不知不觉地产生。

叶子说完话，低下了头。

老师问其他同学：叶子说得对不对？

大家异口同声答：对！

叶子抬头，脸上露出灿烂的笑。

昨天，一辆写有"公安"字样的小车停到叶子家门口，警察问了叶子和叶子奶奶几个问题。车开走后，村里就起流言了，说叶子的爸妈在外面干了违法的事，人们都说他们被抓进监狱了。

上学路上，叶子独行，尽快避开他人的指指点点。到了学校门口，叶子没有勇气迈进大门，她怕见老师和同学们啊。叶子傻傻地呆立着，直到外出吃早餐的黄老师路过，把满是泪水的叶子带进教室。

班会课即将结束时，黄老师对全班同学说，我们是有文化有知识的人，即将成为中学生的人，希望大家不要跟着村里人捕风捉影，去胡乱撒播流言，因为，大家已经知道流言是怎么产生的了。

同学们都大声地答：知道了！

班会课结束后，黄老师回到房间关了房门，拨通一个电话：某某某监狱长吗？我是黄某某，是教师。我会尽最大努力保护犯罪嫌疑人子女不受伤害，请你转告他们夫妻俩，孩子相信她的父母没做违法的事。

奥特曼轶事

体育老师像奥特曼！

体育课前几分钟，不知谁喊了这么一句，大家的眼光齐刷刷地投向不远处体育老师的身上。笑声骤然响起，笑声里是满当当的赞同。以前可没发现体育老师有这么帅，简直就是日本卡通片奥特曼的翻版。你看，那一身运动装，红蓝相间，紧紧束住他那身肌肉。远远看去，好像只要他一张开双臂，就能像奥特曼一样变身为巨人行侠仗义或飞向太空。从那节课开始，"奥特曼"成为体育老师的代名词。

一天午休时间，班上的小灵通罗阳从家里带来个消息：体育老师不像奥特曼，他爱贪小便宜！大家急忙问原因，罗阳惟妙惟肖地把他爸的原话模仿出来：天天穿得紧绷绷，也不难受，好像学校仓库里的运动服全是他家的，爱拿就拿、想穿就穿。

大家这才知道，体育老师穿的运动服是学校给初三学生运动队队员买的，后来运动队没组建成功，运动服一直闲置在体育室。"怪不得他能天天穿运动服，而且没有一件合身！"此后，一股鄙夷的气息在班级里弥漫开来，接着传遍整个校园。再后来，大家看见他每天站在领操台上发号施令，就会鄙夷地喊上一句：哟，奥特曼！他听见了也不恼，好像还挺自得，他知道奥特曼是正义的象征，是英雄，所以我们一喊，他觉得自己挺正义、挺英雄，听不出我们言语里的不敬。

我们曾经听见初三的师兄们当面喊他:喂,奥特曼,你怎么不变身啊?不变身就不要老穿这样的衣服?他笑笑答:反正放那里迟早要生蛀虫,还是让我帮学校做好事,穿了它不浪费。我们听后笑作一团,他也跟着笑。

"真是木头!"我们班的体育委员常在班级这样说他,像老师批评学生般,有恨铁不成钢的语气在里头。

这天中午自习课,本来安静的操场突然喧闹起来,有几个难听的声音鼓荡着大伙的耳膜,灌进操场四周各教室:罗汉豆滚出来!别装孙子!原来是几个常来学校闹事的小混混,我们一听见他们的声音就毛骨悚然,因为校园四周没围墙,那批小混混常到学校来收保护费,看谁不顺眼就要拳打脚踢或扇耳光。其中一个曾经是罗汉豆的学生,罗老师曾经批评了他们几句,现在竟来找麻烦了!平时,我们班主任交代大家,看见他们进校园要远远躲开,因为老师和校长都拿他们没办法。派出所抓过他们几次,他们一出来又到学校闹事。

此刻,大家很想冲出教室一看究竟,但是没人敢,就朝罗阳看,因为罗汉豆是他爸。罗阳简直成了热锅上的蚂蚁,坐立不宁。我们也着急,不约而同地立起身子,朝教室门口张望。我们真希望自己是长颈鹿啊,就可以把脖子搭上窗台看动静。

有种的跟我单挑!

是奥特曼的声音。教室里顿时人心振奋起来。

就你?是小混混的声音。大家的心蹦到嗓子眼了。

奥特曼的声音再次响起:敢动手,就别怪我不客气!

楼道上有了响动,我们班也开始乱,大伙都涌向教室门口和走廊。

僵持几分钟,奥特曼背后已经站了许许多多的同学和老师,大家站成一堵厚实的墙。

小混混见这架势,悻悻而退。从那以后,小混混不敢公然到校闹事,从那以后,我们喊奥特曼的语气有了新变化。

救命恩人

这几天,整个罗阳城都在帮张老师的家人寻找救命恩人,张老师自己却还躺在医院里昏迷不醒,医生说还没有脱离生命危险。

三天前,张老师晚自习下课已经十点半,在回家的路上经过一条小巷时遭遇意外,十一点多被送到县人民医院,医生说如果晚来一步,就没办法抢救了。

经过医生的转述,家人得知送张老师到医院的是俩年轻小伙,他们路过出事地点,巧遇躺在地上的张老师,就赶紧送医院救治。他们走时也没留下姓名,只说他们查看过张老师的大背包,里边有一大堆试卷,得知她是Y校高三班主任。他们还叹息,高考近在眼前了,张老师出这样的事,真为张老师班的学生着急……

张老师的家人翻出医院摄像,拿去电视台播放,恳请大伙帮忙寻找张老师的救命恩人,说不管张老师醒得过来还是醒不过来,都要感谢他们俩。消息播出后,整个罗阳城为之动容:俩小伙看起来是未成年模样,却有这般侠义心肠,全城人民都在心里给他们竖大拇指点赞,也都希望快点寻到他们。

张老师醒来时，高考已经结束，她说自己是遭遇了突袭，后脑勺上挨了重重的一棒，随即失去了知觉。

家人立即报案。

案子破得很快，犯罪嫌疑人也抓住了，是Y校高二的学生。据他们交代：当天夜里他们从网吧出来，想劫点钱财吃夜宵。由于小巷里灯光昏暗，他们对张老师下手的时候并不知道她是Y校老师。"直到翻开大背包看到试卷，才知道遇上自家人了。"一番内心挣扎、商议后，俩人决定冒险送张老师去医院。

当这个消息在县电视台"警民桥"栏目播出后，又一轮狂涛巨浪在罗阳城掀起：原先给两位小伙点赞的人们纷纷开始指责他们，仿佛要掰回原先自己受到愚弄而丢失的脸面，大家的愤恨不平之情翻倍放大起来，一致呼吁严惩凶手以绝后患。情绪尤其激愤的是张老师班级的学生家长，他们甚至联名上书县派出所的办案民警，请求无论如何不要放过凶手，他们措辞激烈，说若不严惩就是姑息养奸……

当警察把舆情的狂涛巨浪晾晒在俩犯罪嫌疑人面前时，问他们后悔不后悔送张老师去医院，他们异口同声说：不后悔。因为进入高三阶段就到了玩命的关键时刻，不忍心看师兄师姐们失去掌舵的。

张老师康复后，立即去探望俩肇事学生，并当面对他们说：如果今后不再干傻事，你们永远是我的救命恩人！

跳楼事件

一大早，就有好几拨家长来到学校，他们不管见到哪个同学，第一句话都是问：昨天你们学校跳楼自杀的同学是哪个班级的、哪个村的？

问话人有的满脸好奇、有的满脸忧伤、有的满脸凝重，听的人都是一头雾水。

倪小样的同学郑海平被问过之后，赶紧跑去问她的校长爸爸。校长爸爸被问得莫名其妙，赶忙站到学校大门口。拦下一位位家长，问：消息哪里来的？所有的回答都是：有微信视频作证。校长分享了几个家长的视频后，得知事态的严重性。

事关重大，课间校长立马召开全体教师会议。

原来，昨天傍晚放学时，几个同学违规：为图方便，不经走廊过道，直接从一楼走廊跳出去……这一幕正好让一位老师抓拍，她觉得好玩就做成视频，加上题目"跳楼"，发到了微信朋友圈。

没想到微信的传播速度如此惊人！更没想到微信会像个魔鬼一样以讹传讹！原来我在跳楼两个字加了双引号，一经转发后双引号被抹去，还在跳楼后面加上"自杀"……我给学校造成恶劣影响，发誓今后不再玩微信，希望其他同事引以为戒……

这是抓拍老师在教师大会上做的自我检讨。

低倒凹

倪小样的一位同学很顽皮，人称赖皮。

赖皮不喜欢学语文，怕背书。因为经常不背书，就经常受语文老师批评。

语文老师叫高立凸，一米八多的个头、体重不到一百二，于是赖皮背地里给高老师取外号"高竹竿"。有时候，赖皮被高老师批得厉害，就在外号前面加上一个"臭"字，以示报复。

这天，赖皮又没背书，"全班独此凤毛麟角"（赖皮语录）。高老师叫家长来学校。

赖皮知道自己又少不了爸爸一顿揍了。好说歹说让高老师放他一马，没成功，只好等待今晚回家挨揍。

回家路上，赖皮一路骂着"臭高竹竿""该死的高竹竿"！经过一丛竹林时，把几十根细细的竹子都踢了个遍。

蹲在地上，赖皮突然有了主意，决定改一改那个已经骂了一年多的绰号。骂他"低倒凹"！对，不给他高高挺挺的外号，就骂他低低的、倒在地上的凹里面……

低倒凹！臭低倒凹！该死的低倒凹！

赖皮一路骂到家，战战兢兢地进了家门，幸好爸爸不在家吃晚饭。赖皮松了口气。可是挨揍是迟早的事，为了把屁股上的疼痛尽可能减轻，赖皮一下餐桌就拿出语文书，想趁爸爸没回家之前就把课文背下来。

课文背完了,爸爸还是没回来。赖皮忍不住问奶奶,才得知爸爸出去了,因为有人出事要送医院。

小镇没几个人开出租车,赖皮他爸是其中之一,好多人有急事都叫赖皮他爸,说他最讲义气。

爸爸回来了,根本没拿正眼瞧一下儿子就进厨房找吃的。

赖皮想,这下完了,爸爸吃饱饭揍人力气更大了。

赖皮这个急啊!他又在心里狠狠地骂:低倒凹低倒凹……倒在地上、倒在凹里永远起不来!

让赖皮想不到的是,爸爸吃饱喝足也没喊他。又出去了。

经过详细询问奶奶,赖皮才知道被他骂作"低倒凹"的高老师出事了。

原来,今天中午高老师的女儿把农药当饮料喝了,高老师放学发现女儿中毒身亡,他自己也喝了农药。

赖皮一听完奶奶的叙说,就大哭起来,嘴里不停地道歉、不停地嚷嚷:对不起! 不是低倒凹、不是低倒凹……

高老师去世后整整一个星期,赖皮几乎成了木头人:任凭人劝说、打骂就是不肯进校园,一进校园就意识模糊,全身哆嗦,嘴里不停念叨:不是低倒凹不是低倒凹……

厕所画家

倪小样的同学阿威从小酷爱画画,据说上幼儿园的时候就迷恋上了。那时的他喜欢拿着蜡笔在家里到处涂鸦:他家客厅、卧

室、厨房的墙上，到处是他的杰作，"大面积森林""数不清的毛线团""绿油油的芳草地"，甚至楼梯两侧也"挂"满他的画作。

不管他画什么，总喜欢用"线条"说事：以一个点为中心画圈，无数大大小小的圈圈相互交织或重叠，那是毛线团；以一条粗横线为底，无数不规整的竖线交织重叠向天花板伸展着，那是大森林；把粗线改细，长度缩短，就成芳草地……

转眼到了高中，学习成绩不咋地的阿威，选择了正式跟随老师习画。用他母亲的话说：如果单靠文化课阿威根本上不了好大学，如果学美术就有可能上本科或重点，因为录取分数线低得多……

这时候阿威的画画欲望几乎进入迸射状态，只要手里拿着画笔，随便看见一堵墙都要画上几笔，他最擅长的还是"拿线条说事"，当然画作内容早已由"森林、毛线团、芳草地"等升级为凹凸有致的"裸女图"。他曾经把"墨宝"留在教室、走廊等地方，老师警告多次后他只好作罢。

有一天，阿威在厕所手痒痒，顺手在墙壁留下一笔画就的裸女图，得到不少同学的赞许后，从此一发不可收拾：短短一周时间，学校所有楼层的厕所、所有蹲位的后背墙都站着一个"裸女"，个个神态迥然栩栩如生。不久，阿威"厕所画家"的名号响彻整个校园。

有了"厕所画家"的封号，阿威不仅不恼，还有几分得意。阿威得意扬扬还没几天，学校德育处主任找他谈话，为杜绝他继续在墙上乱涂乱画，学校决定给他"记小过一次"的处分。有这样的处分，阿威连毕业证书都将拿不到手。后来，幸亏阿威妈妈出面苦苦相求，加上美术老师的说情，外加阿威"洗手不干"的保证书，他才从处分中挣脱出来。

虽然保证"金盆洗手",阿威看见厕所墙上的画作还是手痒痒,情不自禁在原有的画作上添加几笔,让每一个裸女穿上"将落未落"的外套。"穿了衣服的女人一个个都像嫦娥",校园里的厕所因此充满了乐趣。德育处却因此下不了台面,没有任何人解救得了阿威,他只能接受"记大过一次"的处分。

幸亏有个知名大学试行"三位一体"提前招生,阿威赶紧报名一搏,他知道,如果自己考上了,学校为了升学率就会放他一马,撤销处分,然后拿到毕业证书顺利参加高考。虽然阿威信心满满,同学和老师没有一个觉得可行,因为来自全国各地四百五十个学子参加,招收名额只有三十个。

考试结果一出来,让人大跌眼镜:阿威得了全国排名第七!如此傲人的成绩,不仅学校全县还没人获得过。人人都说阿威踩了狗屎运,"其实不然",成为名牌大学生的阿威后来了解自己被高调录取的原因,"我擅长线条画,刚好我的大学看重流畅的线条……狗屎运也是留给有准备的人的。"

美好的下午

上完上午最后一节课,班主任把我们十几个同学叫到办公室,说:今天下午奖励你们看电影。我们还没完全反应过来,他又重复了一句:就是我们学校对面的国际先锋影院。

我们欢呼起来!

倪小样问老班长:有没有什么条件?得到的回答是:这次月

考你们都进步了,继续努力!

　　饭后,我们不用上午休课,到学校门口集合,没有人迟到没有人缺席,我们以秒杀的速度直奔电影院。

　　整个影院人满为患,全部是我们学校的同学,都穿着一样的校服。

　　倪小样这鬼灵精问了几个别班的同学,为什么来看电影,得到的答案和我们班主任说的几乎一样。我暗下决心:下次跟外校联考,一定要考得好好的,让学校骄傲!这样才对得起学校请我们看这么贵的电影啊!

　　电影还没开始,影院里一片寂静,几乎可以用鸦雀无声来比喻,虽然没有老师在场盯梢,比平时学校集会要安静几百几千倍。

　　幸福的时刻总是过得很快,还没到放学时间,电影就结束了,我们正准备往回走,听见这么一个声音:同学们请留步……再过半个小时我们才能回学校……

　　虽然另一场电影在播放,大家似乎无心留恋,质疑声四起:为什么现在不能回学校?

　　没有人回答,因为谁都不知道答案,隐约觉得这个奖励背后隐藏着不光明的东西。

　　直到那天晚上,我们才彻底知道真相:原来学校要进行小班制达标考核,每个班不能超过四十人,我们多余的人全部奖励看电影。下午坐在电影院的,都是班级里成绩倒数的!

眼　睛

又是一节英语课,倪小样的前桌"青春痘"说:小样,我后脖上的痘,帮我处理一下?

倪小样顺手掐一下那粒痘子。

哎哟!痘主人一声尖叫惊动了全班同学,也打断英语老师的讲课思路。

英语老师向倪小样他们走去,超短裙随着她的步子左一摇右一摆,很有些青春韵律。

哗啦一声巨响。

老师脚底下一地玻璃碎片。"青春痘"的大镜子成为无数小镜子,像一只只仰望的眼睛,不怀好意地躺在地板上,等待老师的步子迈过去。

老师听见有人鼓气:迈过去呀!还有人悄声地说:露馅。

老师没迈过那堆杂乱无序的眼睛,回小公室了。

倪小样和青春痘被请出课堂。

班主任问:为什么扰乱课堂?

倪小样和"青春痘"都答:因为青春痘。

事后,倪小样和"青春痘"受到学校警告处分,又写了检讨书。

巧的是,倪小样和青春痘的检讨书上都有这样几句话:英语老师很让人受不了,背后一看二八姑娘一朵花,转身一看能吓退

千军万马……脸皮像五香豆腐干,还像个小姑娘天天穿超短裙,她不嫌掉价我们替她羞……

从那以后,英语老师再没穿超短裙到课堂来。

早读课

早读课,语文老师到教室巡逻。

倪小样的双手搭在书桌抽屉里,一会儿抬头看书,一会儿低头看手。抬头时那眼神有几分空洞。语文课本简直成了摆设,人家早翻到后几页了,他的还在原地不动,一直停留在赞扬母爱的那一课。

终于被老师发现了,一伸手就从倪小样抽屉拿出张照片来——一位年轻漂亮、穿着入时的女孩照片。

语文老师把照片交给班主任,几个科任老师猜想,那是倪小样的姐姐或者阿姨。

课后,倪小样被喊进老师办公室。

老师问:照片上的人是你什么人?

倪小样说:我姐。

老师又问:你亲姐姐?

倪小样不屑地甩一下头,答:不。

老师有点语塞。

怪不得看得入迷,估计早恋了。老师们这样猜测的同时,劝倪小样把学习放在头等重要的位置。

几个老师轮流做倪小样的思想工作,倪小样的眼泪像滂沱大雨样淌下来。

班主任做最后总结,严肃告诉倪小样:这么小小年纪就早恋,不好好读书你会毁了的!

倪小样终于号啕大哭起来,上气不接下气地说:那是我妈!

老师们虽然常听见学生喊自己的亲妈为姐,但还是觉得意外,没想到倪小样的妈会这么年轻。

倪小样边哭边说:我两岁她就走了,十多年没见了。

开学初跟你爸来学校的不是你妈?班主任问。

倪小样哭得更起劲了:那是后妈,我爸第三个老婆了……

庆　祝

倪小样班级教室外的水管被炸裂,学校领导要班主任夏老师查出是谁干的。

夏老师查来查去查到倪小样的头上,原因是有人看见倪小样带鞭炮了。

老师问:你为什么要炸水管?

倪小样答:不是我炸的。

那是谁干的?

不能说。

不说就是你干的,喊你家长来赔偿!

真不是我,是……

到底谁干的？

倪小样招架不住老师的逼问，把元凶交代了出去：三魁。

你为什么要炸裂水管？

庆祝。

没过年过节的，有什么好庆祝的！

班长这次考砸了，我们都想庆祝一下……

你对班长有意见？

每次他都考第一，我都倒数第一，我家里人总拿他跟我比，还叫我吃他的大便试试会不会变好一点。

你们是兄弟，你该向他学习！

他爸跟我爸虽然是亲兄弟，我们两家很久以前就互不来往了。

老师责令三魁的家长赔偿后，他们准备转移庆祝阵地：厕所的排污管。大伙一致认为：排污管那么大，肯定不会被炸裂。

鞭炮还是倪小样带，他奶奶小店里有现成的呢。

准备，点火，轰——

这声庆祝在晚自修课后，轰动了全体住校生，人人以为地震，赶紧往室外逃跑，包括被爆炸声吓着的雅阳、罗阳等几个倪小样的死党。

到了操场上，惊魂未定的人群异常安静地等待再次轰隆声。这时一个声音说：大便臭！又一声：臭大便！

值日老师轻而易举地找到了臭源：倪小样、罗阳、雅阳等几个人满身都是臭气，满身都是污汁。

考试前夜

一整天,倪小样都处于一把鼻涕一把眼泪的状态中,到了晚上,鼻根红、双眼肿胀,很像是痛哭几个小时后的惨状。为了迎接第二天的考试,倪小样早早就躺到了床上。

听着空调机呼呼啦啦作响,倪小样往被窝里缩了缩,嘴巴不停地责骂:狗日的冷空气,迟不来早不来,等到我要考试它就来了。

倪小样要参加的考试非常重要,老爸说如果考到全年级前十名,可以买个 iPad 给他过年,可是在这个节骨眼上却得了重感冒。不过倪小样不灰心,他对老爸说过,之前已经做好各种应试的准备,只要明天天不塌下来,他就能考起来。

特殊问题特殊处理嘛,老爸答应他能考到全年级前二十名也一样的待遇,还说:如果明天不会发高烧,我相信你都能考好……

倪小样把两只耳朵缩进被窝时,想起奶奶的一句话:猪唇怕冻,人耳怕冻。还真不假!倪小样想着这话,整个脑袋都进了被窝,还是感觉冷。倪小样暗自猜测自己一定是在发高烧了,不然就不会冷到这程度。倪小样把羽绒服、羊毛衫、棉裤棉衣都一股脑儿往被面上放,身上顿时有了重感,不过还是没觉得暖和。

次日早上,倪小样的房门被打开,倪小样的哥哥大声叫起来:爸妈,快来弟弟房间,大冬天他还开冷风,为了不参加考试也能用 iPad 过年,他竟然用这样的损招!

倪小样把昏沉沉的头颅伸出被窝,弱弱地责问:哥,你怎么可

以出卖我?

炮 制

课间,倪小样去上厕所回来经过老师办公室门口时,听见数学老师喊:倪小样——

倪小样眯缝起小眼睛,往办公室里探了探头,数学老师向他招手示意他进去。倪小样心想:今天我没惹哪位吧?

每次被老师叫进办公室,倪小样的心里就打鼓,生怕自己私底下做的那些怂事被老师发掘古墓般倒腾出来。

惴惴不安地走近老师后,倪小样才发现老师正在解一道数学难题:稿纸上画满了公式和数据。老师把纸张往倪小样眼前一推,说:你试试这道题。

一颗悬着的心顿时落了地,倪小样聚精会神地做起了数学题。

倪小样是数学尖子,每次全县数学竞赛他准得一等奖,到了市里也一样,到省里也得过奖。因此,倪小样的数学成绩成为老师的骄傲,每次遇见难题班级里没人做得出,数学老师和同学们就会想到让倪小样试试。倪小样从来没让人失望过,他好像就是为了数学而生的。

但是这道题让倪小样也难住了,可见不简单。

老师取笑说:得意门生,这么容易的题怎么解这么久呀?

这么一逼,倪小样的犟劲上来了,反倒把思路弄清了。几下子写好交给老师,倪小样眯缝的小眼睛窥觑一下老师,不好意思地摸着后脑勺,一溜烟般走出办公室。

因为急,差点和另一个老师撞满怀,为避开老师,倪小样急中生智一扭身转个三百六十度的大弯,却滑了一跤坐到了地上。

这时,听见办公室传来隔壁班数学老师的声音:你的办法真好,下次我要是一时想不起来的题目也可以这样处理了,到时能不能借你班倪小样用用?

这时,倪小样又听见另一句话:我生病的时候脑子不够用,你也想炮制我生病吗?

永远的平

一踏进那扇红漆大门,我就想起一句话:庭院深深深几许……除了大年末,三百余平方米的大庭院里,只有一百零四岁高龄的奶奶独居。老人家耳有点背眼有点花,不过她不仅能养好自己,还能养一群鸡鸭。城里子子孙孙的温情,总是不敌她的百年老屋温馨。一接她进城,她就萎靡不振,一回到老家就神清气爽,胃口也好起来。

这是老公第一次带我回老家过年。

一见到奶奶,我就把备好的礼品递了过去,并夸张地跃到她身边,喊道:奶奶!想死你了!我都三年没回来看您了,您也不到城里来……顺手牵过奶奶没拿拐杖的左手,我百般殷勤地唠叨个没完。奶奶凑近我,从上到下、又从下到上,反反复复看过几遍后

说:你的嗓音没以前那么清脆,是不是累着了?一旁的老公赶忙接腔:今天一路上都是阿平开的车,她昨天酒喝多了没休息好。说完这些,老公给我一个眼神,说:阿平,你去休息一下吧。不然感冒会更加严重的!我应声开溜。

走上二楼,我还是能把老公和奶奶的对话听得一清二楚。

囡啊,你没把阿平养好啊,她都快瘦成电线杆了!

奶奶你不知道,现在城里人流行减肥,都在吃减肥药,阿平前一个月就减掉十斤。

她的脸蛋倒是变方圆了!

谁说不是呢!阿平爱臭美,现在流行"国母脸",她就去做美容,去韩国做的手术呢,花了十多万!幸亏她自己能挣钱,不然的话靠我那几块工资,也折腾不起。

什么是国母脸啊?

老公把早就存在手机的一位圆脸歌星照片给奶奶看,奶奶立即乐开了说:国母脸就是好看,圆溜溜的有福气!

我悬着的心终于落了地,总算离这个家庭又近了一步。

其实,奶奶喊的阿平是老公的前妻,是奶奶最最疼爱的孙媳妇,早在三年前死于车祸,担心奶奶接受不了,家里人一直瞒着她。前年和去年,因为没找到合适的"阿平",老公只能孤零零留在城里过年,带回老家的白色谎言是:阿平的理发店实在太忙走不开……但是每个大年三十,老公都要找人代替阿平给奶奶打电话,并送上新年祝福。奶奶曾有疑问:阿平,你喉咙怎么啦?感冒了还是累着了?老公就会及时点拨:是奶奶您刚换助听器的原因……

一路上担心谎言被精明的老奶奶揭穿,这下子我无比轻松。

午饭时间快到的时候,老公喊我下楼。我迈着轻快的步子,走到他跟前,只见他手上拎着条爬满蠕虫的咸鱼,眼里有泪在打转:奶奶知道你喜欢吃咸鱼,阿叔送她这么大一条鱼,她就腌制起来挂着等你……

看着满身蠕动虫子的鱼,我一阵反胃。正想接过来扔掉,突然发现奶奶满含期待的眼光,正落在我身上。我灵机一动说:奶奶给我的咸鱼,我要带回城里去慢慢享受!说完一把抢过老公拎着的咸鱼,直奔二楼。我知道奶奶的腿脚有点不利索,是不会上楼的。况且,她刚才满脸幸福地看着我"抢鱼",肯定没看出破绽。

老公跟在我身后,泪水顺着落了下来:奶奶明明眼睛看不太清楚,她还说自己看得清楚……这鱼在暖灶头一放,就出来这么多虫子,她都看不见,还要拿出来招待自己最疼爱的人。

过完年临走前一阵子,奶奶趁着我身边没人,拉着我的手说:闺女,难为你了,我早就知道阿平的事了!他们要瞒就让他们瞒着吧,就是你太委屈了……看着奶奶一脸歉意地望着我,我一把抱住她,耳语:我就是你的阿平!

颁奖仪式

第二节下课铃声刚结束,校园广播传来一个通知:今天上午第三第四两节课进行新学期典礼暨上学期期末考试前十名颁奖仪式……通知还没播完,教室里的欢呼声赛过浪涛。欢呼过后,阵阵遗憾的叹息此起彼伏:如果原班主任还在,多好!

自带凳子到了操场,面对主席台上的典礼致辞、颁奖仪式,九年级二班的同学一概不能全身心投入其中,大家心里有个共同的念想:如果原班主任王老师不离开,全班人都可以拿到可观的奖学金。

上半年,当九年级二班还是八年级二班的时候,王老师许诺:只要每门学科都考到自己与科任老师共同预设的成绩,就可以拿到奖学金,每门学科超出预设成绩十分奖励十元,以此类推……该奖励政策一出台,全班同学像八仙过海,各自拿出看家的本领努力学习。

遗憾的是,暑假期间学校董事会资金链断裂,老师们的投资成为泡影,王老师不想继续留任这个伤心地。同学们不知道王老师去了哪里,只知道他的投资也像肥皂泡一样破灭了。九月一号开学日,迎接九年级二班同学的是新班主任、新科任老师,以及班里小灵通倪小样的爆料:王老师背上巨债走人,三百万!

颁奖仪式结束,大家端着凳子回教室的路上,还是有点垂头丧气。

倪小样走在最后一组,到教室外的走廊时,他就感到教室里有异常的骚动,还有接连不断的尖叫声传出来。同时他又发现了一个怪现象,往常这个时候,大家像脱缰野马般奔向食堂,这时却只有进的没有出的。

走进教室,一切都明白了:王老师站在讲台上!

王老师说:我是来颁奖的,育才集团欠我钱,我不能欠你们,对吧?……讲台上,王老师一边展开获奖名单,一边念得奖人的姓名和得奖金额。讲台下,四十五个同学整整齐齐坐着,一动不动望着王老师,仿佛他是一尊佛像。

童　话

　　倪小样的班主任一米八的个头,体重不足一百二,精瘦精瘦的脖子就显得更长了。每当他站在教室外,把头往窗台上一搭,左右一扫描,就能把教室里的每个角落看得一清二楚。他经常利用身高、脖长的优势,在教室的窗外偷看大家上课,于是得了一个不雅外号——长颈鹿。有时,见某人上课做小动作或者讲悄悄话,长颈鹿就用他的苹果5手机拍下来,然后制作成PPT存到个人成长档案袋……

　　这招很管用。谁还敢不认真听课？于是,倪小样班的成绩飞跃式进步起来,在全年段十个平行班中,傲居第一。曾有几个班主任到倪小样班来踩点、摸底,偷学班级管理技巧,都不得要领。于是,学校领导召开倪小样班级的干部会议,想从中得到一点启示,班委们一概不泄露班级机密。

　　有一天,语文课,老师布置一篇"微作文",题目是"风景无限",字数一百内。经过不到两三分钟的思考,倪小样举手要求口述微作文:大家正上地理课,长颈鹿把脖子往教室里伸啊伸,只见左边走笔东南亚,右边放马过西域……

　　教室里发出了热烈的掌声,倪小样的口述微作文得到全班人的热捧。

　　语文老师不解,提出疑问:长颈鹿怎么能在教室外看呢？你

写的是童话吧？

这时,全班同学异口同声地答道:是真实版童话!

绝　招

　　倪小样有一哥们叫三魁,学习超烂,但是这次考得特好。成绩排名一出来,他就兴匆匆来倪小样家,说要请倪小样的客。

　　倪小样的奶奶慈爱地看着他们俩边嘀咕边哈哈大笑着,很是纳闷,就问三魁为什么请客？三魁非常自豪地回答:因为我的英语考了全班前十名。老人"哦"了一声,知道三魁这孩子手头又阔绰了。

　　这是全村人都知道的秘密,不管大考小考,只要三魁哪门科目考到全班前十名,他那有钱老爸就给儿子奖励,每门学科一百。如果考到全班前三名,每门学科可以获得五百元奖励。这样的奖励机制一度被村里人称为三魁成绩不断进步的绝招。

　　拿着三魁请客买的汉堡和可乐,倪小样心满意足地回到自己家,他要让奶奶也尝尝这些稀罕东西。奶奶接过可乐喝了一口,叹着气道:如果不是你爸爸公司出事,也可以像三魁爸爸那样奖励你。倪小样连忙叫奶奶打住别往下说,他说:三魁这次英语考得好全是因为榴梿糖。

　　原来,监考老师是倪小样的班主任,有一天他听到老师说闻见榴梿的味就要吐。倪小样把这事告诉了三魁,让他买一大包榴榧糖,考前给整个考场的人都分过去……大家边吃边考试,整个考场就都是榴梿味了……监考老师只能站在考场门口注视场内动静,三魁向来是作弊高手……

当然,那是三魁唯一获得高分的一次。

大前门

骆驼老师非常敬业,深受大家喜爱,学生们称他骆哥。

预备铃刚响起来,骆哥急匆匆地走进了教室。

一开始,大家都不知道坐在第一排的女生阿赖为什么低头,她是奥数尖子,得过全省奥数比赛一等奖,今年暑假还将参加俄罗斯的国际奥数竞赛。哪怕她病了,上课她也不趴下,今天是怎么啦?

很快,前排几乎所有的同学都趴下了。个别没趴的,也把头压得低低的,没有抬眼看骆哥或者黑板。

骆哥指责了大家今天的学习"不在状态",又说"这样子下去怎么去俄罗斯拿国际大奖啊"?

这时,倪小样也发现前排同学低头的原因了。于是,问同桌:怎么办?同桌是个急性子,立即举手想直接告诉骆哥大家"不在状态"的原因。结果,老师没喊他起来就问:那道题,你有更好的解答的方法吗?

谁叫那位哥们是奥数尖子呢?

这个时候,同桌在倪小样的警告下放弃了原本的打算,立即起身说:刚才有,现在没了。

就在倪小样跟同桌商量该不该直接告诉骆哥,如果直接告诉骆哥他会不会立马羞死,一个女生弱弱地说:老师,请你带我上厕所。

全班人立即惊呆了,谁也不敢抬头。只听见骆哥疑惑地说:你是初中生了,还要老师带着上厕所吗?再说你是女生,我也不能进女厕所呀?听完骆哥这话,教室里狂笑起来,笑声几乎把整个教室掀翻了。

在哄堂大笑里,有个男生趁机大声说:大前门该死呀!大前门!

骆哥好像听到了,随手关了教室的前门。

学生们再次恣意地欢笑起来,这次是抬着头笑的,因为骆哥在关教室大前门的同时,也把他裤子上的"大前门"关上了。

以此类推

学校里三十张崭新的乒乓球桌旁围着不少学生,玩球的、看球的、看热闹的……近两千名学生的校园,顿时热闹多了,这份热闹里充满着欢悦。

郑老师来到一张乒乓球桌旁,看见斗志昂扬的玩球学生,忍不住地问道:现在课余生活不会那么单调了吧?随即他就听到异口同声地回道：是！

轮到倪小样上场了，他问郑老师：你也来参加我们的争霸赛吧？老师摇了摇头。倪小样不无惋惜道：您不赶紧玩，过几天就玩不了。

郑老师正想问个究竟，上课铃响了，学生争先恐后跑向教室。郑老师也走进了教室，他想让学生谈谈新学期校园的新变化，比如新增的三十张乒乓球桌。

第一个学生说：突然有那么多乒乓球桌，肯定要来检查团了……其他学生都赞同这个观点，只有郑老师一个人不赞成。

学生们都说：这些乒乓球桌，肯定是向别的学校借的。

为了让老师确信，又一个学生举例说：去年，学校向我们每个同学借了书，因为检查团要来检查学校的藏书，要求人均 200 册，我们学校的藏书达不到，只能借……

第三个学生说：我家里一千多本全都拿来了。

接下来的课堂几乎一片混乱：所有学生都说自己借书给学校了，多的上千，少的几本，每一本书都由学生自己写上编码……

郑老师很想告诉大家：这些新的乒乓球桌，是他亲自陪同总务主任采购来的，但是他什么也没说，只是宣布：这节课进行乒乓球球技演练……预祝大家一个月后参加的全县乒乓球比赛中取得好成绩！

水货酒鬼

倪小样路过"学子亭"的时候,看见有人在对酒当歌。他抬头看了看明晃晃的月亮,心想:这哥俩真能享受!紧张的月考复习前夜,竟然能如此诗情画意地逃课。

想到这哥俩在违反校规,倪小样心里"怦"一声响,震感明显把自己搞蒙了。前几天,倪小样抽烟被政教主任抓住,责令他巡视校园,直到抓到违反校规的同学,才能抵消学校对自己的惩戒。

正想拔腿跑向政教处"报案",倪小样听见亭子里的哥俩的对话。

你是哪个学校的?

育才初中的。你呢?

我也是啊,咱俩真有缘!

对啊!你班主任是谁?管得严不严?

郑老师,差不多快赶上法西斯了。

你的班主任姓郑?我班主任也姓郑,也实行法西斯统治!

你是哪个班的?

九三班,你呢?

这么巧,我们还同班?

不会吧,同班我还能不认识你?!

……

听了哥俩异口同声的最后那句话,倪小样断定他们已经喝多了。于是,快速奔向政教处。

不到两分钟时间,政教处的管理人员就被请到学子亭前,倪小样指着亭子里的人说:郑老师你看,他们的酒瓶子还在,人赃俱全,我可以退出校园巡视组了吧?

这时,亭子里的哥俩哈哈大笑起来,开心地说:看来我们表演得不错!俩人击掌表示庆贺!

这可把倪小样搞蒙了。

亭子里的"酒鬼"出来摸了摸倪小样的头说:小师弟,你郁闷了吧?月考后的全校中秋晚会,我们要上台演出,这是排演,让你提前欣赏。其中一个又拿起酒瓶子往嘴里灌了一口,朝着倪小样说:嗯,这酒有力道!站在身边的倪小样却闻不到一丁点酒味,忍不住嘀咕道:水货酒鬼!

小潘的蛋糕

放学铃声响起来,倪小样和班上的同学个个像脱缰的野马,奔向餐厅。

因为小潘坐在后排,出教室的时候,就有同学已经到了操场。到了操场就意味着一路畅通无阻直奔餐厅,或者说可以作百米冲刺状的奔跑。

小潘还没到半路,就看见跑在最前头的倪小样往回走。大家

不约而同地停了奔跑,急切地望向不远处往回走的倪小样。

原来,食堂里的阿姨闹罢工,今天中午没煮饭。

小潘一听,赶紧对身边的同学说:别急,我回家拿蛋糕。

小潘一路跑到家时,妈妈奇怪地问:不是说好在学校吃午饭吗?

没听见回答,只听见儿子喊一声妈,就急急忙忙拿店里的各种蛋糕往塑料袋里装。气喘吁吁地一边装一边数数,直到装了40个,又急匆匆地往外跑。

在小潘装蛋糕的时候,妈妈在一旁看着,连问几个"你要做什么",就是听不见回答。最后,在儿子跑向学校的背影里她才得到答案:给同学吃。

小潘向来大方,因为家里开蛋糕铺,班上的同学几乎全部免费吃过他家的蛋糕。对儿子今天这样的举动,当妈的也见怪不怪。

提着蛋糕,小潘满头大汗地跑到学校。他先是到了班级,没看见一个人,心生奇怪:食堂阿姨罢工,大家应该回教室了呀?莫非他们都去小卖部了?

小潘提着蛋糕急忙赶到小卖部,还是没有人。所有同学此时都像人间蒸发了似的。

这时小潘脑海里突然闪过一个念头:难道倪小样捉弄人?这么想着,满怀热情的心突然像被浇过冷水的铁块。

正当小潘提着蛋糕要往家里走,听见远处有同学喊话:小潘,老师找你,问你为什么没到食堂吃饭。

小潘赶到食堂时,大家都在吃粉条。

原来,有个食堂阿姨把钱投资到学校拿不回来,喝了农药在医院抢救,食堂的工作人员有的去了医院,有的找学校董事会讲理……粉条是学校临时请来的师傅烧的。

同学们看着满头大汗的小潘,个个都表示:虽然饱了,还能吃下小潘家的蛋糕,因为那是世界上最美味的蛋糕。

在同学们满足的神情里,小潘忽然感觉自己的肚子像跑进去几百只鸭子,咕噜咕噜直叫。

大水缸

暑假即将来临,语文老师布置了主题作文:"我的暑假生活",要求作文背景在户外,最少三篇。这可难坏了同班同学,但对小金子来说纯属小菜一碟。

同学们见小金子一副兴高采烈的模样,七嘴八舌地问开来:你心里有数了?热死人的暑假到户外去,你能做什么?你打算写什么能否分享分享?

小金子胸有成竹地说:别说三篇,五篇十篇都没问题。比如去游泳、钓鱼、摸螺、捉虾米……

同学们听后个个兴奋万分:去哪?能带上我们不?

小金子得意扬扬地说:当然是回到我的故乡泰顺,去你们的大水缸飞云湖咯!

这可不得了,一群人立即起哄:你敢到我们大水缸游泳?你好缺德啊……大家一边起哄,一边斗地主似的往小金子头上戳手

指头或敲"板栗"(即五指弯曲,拿指关节敲击)。

闹着闹着,小金子被翻倒在地上。

翻倒在地的小金子生气了,大声嚷嚷:游泳怎么啦?我还在你们大水缸里尿尿呢!

起哄的人一听,愣住了。教室里突然静默下来,但是这静默超级短暂。

静默是被一个骂声秒杀的。刚刚还是闹着玩的同学黑下脸,有点义愤填膺地骂道:王八蛋敢在我们大水缸里尿尿,我们阉了你!

结果,这个以"主题作文"开局的玩笑闹到了老师办公室,因为小金子被人踹了好几脚。

班主任首先要求踢人的道歉,并开导说:小金子在大水缸游泳、尿尿都是说着玩的……没等老师说完,小金子就抢了话:我们是真在大水缸里游泳……这下老师也愣住了。小金子接着说:我们每年暑假都到村前面的小溪游泳,它流进飞云湖……一个同学气愤地责问:你不知道飞云湖是我们的大水缸吗?这下,小金子委屈地哭出声来:每年夏天我们村里人都到溪里游泳,祖祖辈辈就这样,干嘛我就不可以!以前我们游泳都会忍不住在水里尿尿,自从知道它是大水缸以后,我每次都憋上岸才尿……你们这样欺负人,以后去游泳我再也不憋了!

也不知道最后班主任是怎么处理这件事的,总之,小金子之后无论如何也不愿意跟随父母到城里读书了,他又成为倪小样的同班同学。

每当有人问小金子:今年暑假你进大水缸游泳没?他理直气壮地回答:当然!人家继续问:你憋尿没?他还是给出同样理直

气壮的答案。

事后,小金子给城里最好的同学打电话,告诉他自从自己知道湖水是他们的饮用水,就没到那游过泳……

脚底下的爱

回到出租屋已九点半,一番洗刷就到十点整。明天老公要回老家上班,留下我孤身一人在异乡,忽然生出一丝不舍与不安。之前俩人同在 A 城打工,从没有过这种感觉。我把不安讲给老公听,他说:慢慢适应吧……正说着,老公起身要出去,说是有东西忘在刚才吃夜宵的地方。我要同行,他没答应,只说我去去就回,你先睡。

转眼就十点半了,老公还没回来。我打电话过去,才发现他手机忘带。幸好现在不是在 A 城,否则我又要胡思乱想了:那个爱上他的女子,是否又找上门来要做他的贴身秘书,除了该给的工资不求任何回报,只要追随在他左右……那模样生得周正,又是正牌大学毕业,如果老公用她换下我这个半老徐娘,谁都能理解,可是他说永远不会放下对我和孩子的爱。老公也曾坦言:说实话,如果没有牢固的感情基础,说不定我真会把持不住……

因为 A 城生意和感情上的羁绊,老公选择逃离,我们一起来到 B 地。他决定回老家上班,我却不想再到那个满街谣言的地方。当年,还是姑娘的我上晚班回家路上,在一条小巷遭遇歹徒

打劫,差点失财又失身。是夜归的老公出手相救,他听见哭喊声,急中生智远远地大喊一声:老婆!我来了!歹徒才落荒而逃。后来,整个小镇街头巷尾不可思议地流传着谣言:有个下夜班的女孩被强奸……结成夫妇后,老公经常自嘲:如果当时歹人要跟我拼,我这么小的个儿,肯定打不过人家!

十一点过去了,我心里越来越不踏实:小吃店就在不远处,难道东西没忘在那?或者那女子跟到B地了?站在窗前,我百思不得其解。

十一点半左右,听到楼梯上小心翼翼的脚步声,然后是小心翼翼的开门声,我的心终于着陆,见他满脸的汗水和微笑,我给他一杯温开水。他一饮而尽,万分兴奋道:这地方让我放心!你加夜班走路回来我都放心!我立马反驳:再不走夜路了,我有车!

老公点头的同时说:你就不问问我刚才去干什么了?我才不像你那么丢三落四,骗你掉东西是想让你早点睡!

我知道老公做事向来有分寸,果然,不用过问他就絮絮叨叨说开了:我把出租屋到你单位的五条大街小巷通通走了一遍,每条都有摄像头有监控,每一条路上都有摩托车电动车停在房前,说明这里的治安很不错!另外,你上下班最近的那条小巷有家麻将馆,刚才我经过时还有两桌人在玩,奇怪的是他们玩麻将玩得非常安静,我让拖鞋发出重重的摩擦声、慢吞吞走过去,就有人出门朝我看了又看……一遍遍描述着街上的所见所闻,老公一遍遍地说着"把你留这里我放心",像更年期的妈妈一样叨唠个没完。